虚傳集

奥泉光

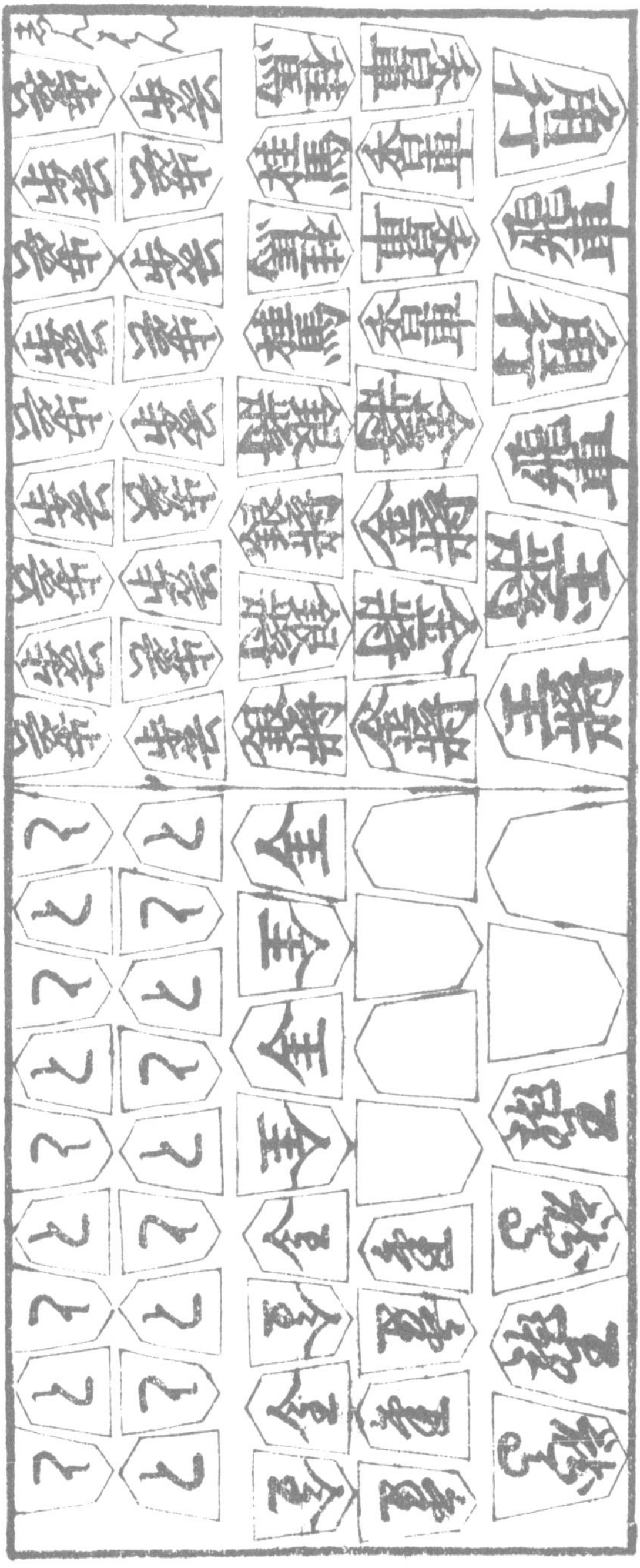

講談社

目次

虚傳集

清心館小伝

一

　幕末江戸の剣術道場と云えば、斎藤弥九郎《やくろう》の練兵館《れんぺいかん》、千葉周作の玄武館《げんぶかん》、桃井《もものい》春蔵の士学館《しがくかん》が三大道場と呼ばれたが、ほかに伊庭《いば》八郎の練武館のような大道場もあり、各藩江戸屋敷には稽古場があり、群小の町道場も数多《あまた》ありと云う具合で、かくも熾《さか》んな剣術熱の由来が、黒船来航以来の騒然たる世情にあったことは指摘するまでもないだろう。

　この時代、剣術道場の繁盛は単に一技芸の興隆にとどまらぬ意味をもった。桂小五郎、高杉晋作、坂本龍馬、山岡鉄舟、清河八郎といった、幕末維新の政治史に名を刻んだ人物がこれら道場に学び、あるいは新撰組の母体となった天然理心流試衛館《しえいかん》のごとく、町道場が草莽《そうもう》の志士の苗床となって歴史に爪痕を残す場合もあった。総じて維新の政治過程においては、幕藩体制下では力をもたなかった下級武士らの、領国の枠を超えたネットワークが決定的な意義を有したのであり、その結節点として町道場の果たした役割は小さくなかった。

町道場――すなわち個人経営の剣術指南所は江戸初期からあったが、中期に至って、百姓町人らの剣術熱の湧起《ゆうき》もあり、数を増やした。もっともいまの塾や稽古事のごとく、教授者が生徒から謝礼をうけて経営する、文字通りの私的経営は、あったとしてもごく少数であり、その多くは藩や幕府の後援を得ていた。桃井春蔵の士学館は、土佐藩士武市《たけち》半平太が塾頭を務めるなど、土佐藩と強く繋がり、千葉周作の玄武館は、周作自身が扶持《ふち》を与えられた水戸藩との関係を深め、斎藤弥九郎の練兵館は、長州藩と結びつくほか、西洋技術工学導入を推進した幕臣、江川太郎左衛門から資金援助を得ていた。他の道場も同様で、幕府や大藩ではないにせよ、有力者をパトロンにもつのが普通であった。

教育の面から見れば、武芸道場に期待されたのは、剣技にとどまらぬ、文武を綜合した人格の陶冶《とうや》であった。忠義、寛容、勤勉、清適といった徳目が強調され、倫理に裏打ちされた武力の行使、ないし制御が目指された。のちに新渡戸稲造が「武士道」として体系化した思想醞醸《うんじょう》の一翼をになったのがこれら道場であったといえるだろう。上記の徳目は元来、幕藩体制下での、軍人が直接統治をおこなう政治システムが要請するところのものであった。およそ江戸時代を通じて、武士は官僚であり、武官は文官を兼ねた。幕府が統治機構の整備期に儒学を導入奨励したのもそれ故で、戦乱の轟《とどろき》が遠ざかった江戸中期には、武士の文官化は著しく進んだ。武士は非軍事化され、武具や武術は形骸《けいがい》となり、勇武の対極にある町人文化の繚乱《りょうらん》に巻かれる者も現れた。幕末の剣術道場の隆盛は、対外危機意識の発火のなかで、武士が軍人としての筋目《すじめ》をとりもどすべき機運の所産であった。

結果、実戦での有用性、実践性が、どの流派でも強調されることとなったわけであるが、ここでひとつ逆説的に思えるのは、武の実践性の面では、剣術がすでに時代遅れだった事実である。軍事の主力はとうの昔に火砲や軍艦に移っていた。実際、戊辰戦争では、腕に覚えある剣士らを糾合《きゅうごう》した上野の彰義隊は、百姓町人を主体とする官軍にあっけなく敗れ去り、京の路地裏での暗闘では無敵を誇った新撰組も、組織だった軍隊の前には無力だった。長州軍を率いて日本陸軍の祖となった大村益次郎は剣術とは無縁の村医者であった。

そもそもが戦国の争乱に終止符を打ったのは鉄砲だったのであり、太平の世にあって、剣術に嗜《たしな》み以上の意味はなく、刀槍《とうそう》はせいぜいテロリズムや私闘の手段であり、にもかかわらず幕末の武士らが剣術に熱中したのはいささか不思議に思える。刀は武士の魂なりの定型句は、身分制下、二本差しが支配者の象徴であることの表現であった。刀剣はだから武士層が非軍事化するにしたがい、実用を離れた工芸品の色彩を強めた。軍事に立ちもどり、軍人たる自覚と自恃《じじ》の回復を武士らが望んだとき、まず真っ先に腰にぶら下げた「魂」の実質を回復しようとしたのだと考えれば、剣術への偏頗《へんぱ》なまでの熱意は、なるほどいくぶんかは理解できるかもしれない。幕末武士にとって、どれほど実践性を強調しようが、結局のところ剣術は精神《エートス》に関わる問題だったのであり、むしろ武士の精神の内実が剣の実用性において充塡《じゅうてん》されたと云うべきだろう。装飾性を排した刀剣が人を斬る目的にむかって合理化され、事実たくさんの血を吸ったのであるにしても、刀はあくまでも魂の依代《よりしろ》でありつづけたのである。

このことは、明治維新という、世界史上に珍しい「革命」にまつわる謎と直接繫がっているだろう。謎とは、「革命」の主体であった下級武士らが、「革命」の成就後に姿を消した事実である。明治初期に散発した不平武士の叛乱が順次鎮圧された後、明治十年の西南戦争を最後に、武士は歴史の舞台から退場した。旧体制を覆し維新を主導したかれらは、自らを滅ぼすべく奮闘したとすら思える。官軍の砲列に斬り込む義経袴に白襷《だすき》白鉢巻の武者、この絵姿に典型的に表象されるように、武士らは、その魂であり、精神の在り処であり、存在の証であるところの刀とともに敗れ滅んでいった。もちろん大多数の者は、刀を捨てることで、端的に武士をやめたのである。

つまり実践性といっても、それは軍事全般のではなく、剣術の実践性であり、文武を綜合した人格の陶冶への志向は、幕末に至っても変わらなかったと云えるだろう。どこの町道場でも実践性が謳《うた》われたが、あくまでこの枠内での話であった。とはいえ、名望の獲得に鎬《しのぎ》を削る各道場は、それほど頻繁におこなわれたのではなかったものの、他流仕合での勝利の必要性からも剣技の修練には心を配った。防具や竹刀の発達も、組太刀《くみだち》の形の習得にとどまらぬ、実用的な稽古のための工夫であった。

剣技の実践性の追求とは、煎じ詰めれば、相手に勝つ方法の開発である。真剣を振り翳《かざ》しての斬り合いでは、基礎的な体力、運動能力に加えて、気魂や蛮勇といった非合理な要素がものをいうのはまちがいない。だから多くの流派において気魄《きはく》の充実励起がなにより強調される傾向があった。竹刀稽古などは遊戯に類し、ものの役に立たぬとする感覚は絶えず底流にあり、しかし他方で、竹刀稽古に徹して技の合理性を追求した、お玉ヶ池の北辰一刀流、千葉周作の道場が「技の千葉」と呼ばれ、高い評価を得ていたのも事実であった。

宮本武蔵のごとき伝説的剣豪は、神秘の被膜を除いてみれば、狂的なまでの勇猛心の喚起による力の爆発と、冷徹で計算高い技能の発揮、その両者を兼ね備えた者であると評価された。この二極のあいだの、どのあたりへ力点を置くかにしたがい道場の個性は現れた。技術の追求については、大道場では千葉周作のそれが、北辰の名にふさわしく極北に位置していたが、さらにこれをうわまわって合理的な剣術理念を掲げ極めた道場がひとつあった。

幕末、江戸西郊は江古田《えごた》村にあった、自然天真《じねんてんしん》流清心館道場がそれである。

二

自然天真流清心館は、享保年間、吉宗将軍の時代に、出羽出身の佐藤三左衛門将恭《まさやす》なる人物が、深川冬木町に道場を開いたのがはじまりとされる。この剣客の由来については、羽黒山の神職の家の出であるという以外伝わっていない。剣の流儀についても、鹿島新當《しんとう》流の流れを汲むとのみいわれ、元来の形ははっきりしない。

自然天真流清心館の名前が史料に現れるのは、寛政四年の『江戸武芸道場番付』に見えるのが最初で、清心館は東前頭三枚目に置かれている。おなじく寛政年間に出版された『江戸往来春暦』には、「町方百姓こぞりて剣術熱に浮かされ」た町道場の繁盛ぶりが描かれているが、そこにも清心館は登場する。『江戸往来春暦』の作者は、美濃加納藩の下級藩士と見られるが、剣術に関心があったようで、この時代の町道場の事情を知るには格好の資料である。

当時の道場主の名は不明だが、清心館はいぜん深川にあって、活況を呈していたらしい。前頭三枚目は虚名ではなかったわけだが、『江戸往来春暦』の紹介は辛辣かつ揶揄的である。

清心館道場では、なにより組太刀の形《かた》が、それも美しい形が重視された。一般に形の美しさは剣技の高さに比例するともいえるわけで、これはまずよいのだけれど、『江戸往来春暦』に拠れば、清心館の「美麗」への追求は常軌を逸していたという。

自然天真流にては、稽古に木剣を用ふ。只じんじやうの木剣にてはあらず。みな趣向して拵《こしら》へ、其《その》美麗風雅を競ふ。門人一同、板敷へくるまに座し、各〻《おのおの》自慢の木剣を見せ合ひ、互ひに打合せなどして品評する様、恰《あたか》も書画古物を玩味せる風狂人の如し。

稽古に木剣を使うのは一般的であるが、その長さ、形、材質、色つや、反りの具合、彫りの意匠に精一杯の工夫を凝らしたというから、なるほど尋常ではない。なにより重視されたのは、木剣を打ち合わせたときの音であった。門人らは響きの良し悪しを競い合った。

愈〻《いよいよ》稽古はじまらば、木剣を派手やかに打合はせては高く鳴らし、よろし、まだ〱杯《など》、控へより声あがりて、木の響にのみ心懸くるが笑止なり。

『江戸往来春暦』が笑止と評する点はこれにとどまらない。次の紹介などは思わず失笑を禁じえない。

門人共揃ひて脛の毛を剃る。着流《きながし》にての立ち合ひに、裳裾《もすそ》より覗ける脚の美麗を競ふが故なり。師範なる上席の者、剃刀の使ひやうから、擦込むべき香油にいたる迄、懇《ねんごろ》に指南せりと云ふ。

これではほとんど美容サロンである。ほかにも清心館では刀の下緒《さげお》の工夫が盛んで、鮮やかな色彩の絹組紐の意匠はもちろん、その使い方についても、手抜緒として鍔《つば》に巻くときや、襷《たすき》代わりにする場合の粋な結び方を伝授したばかりか、職人に作らせたオリジナルデザインの下緒を道場内で販売したと云うから、剣術道場の本義からはだいぶ逸脱していると評せざるをえない。『江戸往来春暦』の著者も嘆くように、こうした道場が流行って、八丁堀の同心連をはじめ旗本御家人の子弟までもが好んで入門したと云うあたり、武士の非軍事化の趨勢を見事に示していると云えるだろう。

自然天真流清心館はその後、深川から江古田へ移転した。いつのことであるかは判然《はっきり》しないが、『江戸往来春暦』から三十余年を経た天保年間には、江古田村正覚寺の境内に道場があったのはまちがいない。

当時の道場主は、出羽庄内《でわしょうない》は鳴沢《しぎさわ》村出身の伊能涼雲。字《あざな》は正兼、通名平六郎。この人物については、慶應年間に書かれた飯盛玄斎の『新続近世畸人《きじん》伝』に詳しいが、これを読むと、深川の前頭三枚目時代とおなじ道場の話とはとても思えない。偶々《たまたま》名前がおなじと云うだけで、別の道場と考えたほうが納得できる気さえするのだけれど、『新続近世畸人伝』は、流派の祖を出羽の佐藤三左衛門将恭と明記しており、道場に掲げられた扁額《へんがく》が享保に遡るとしているところからして、後継とみるべきだろう。

ある時代の常識が次の時代には偏頗《へんぱ》なる非常識に成り果てる。これは普通一般の現象である。男子の月代《さかやき》と髷《まげ》頭は江戸の常識であったが、時代が移るにしたがい奇怪な風習と観じられるにいたった。世の趨勢は、その只中にある者にとっては、まことに捉え難いものと云わざるをえない。

三

『新続近世畸人伝』に拠れば、伊能平六郎は旧姓釘沢、出羽庄内の豪農の次男であり、幼少より学問を好み、京へ出て蓑井《みのい》春慶の門に学び、その後江戸へ下り、昌平黌《しょうへいこう》で学んだ。平六郎は江古田村で油問屋を営む伊能家の婿養子になり、涼雲と名乗って漢学の塾を開いた。つまり伊能涼雲はもともとは学者であった。

家業は義父の弟に任せて、涼雲は『孫子』の研究に没頭し、『孫子』への曹操による評注である『魏武注』の注釈を著し、安積艮斎《あさかごんさい》や佐藤一斎らと書簡を通じ交流した。その涼雲がどうして自然天真流清心館の道場主となったのか、『新続近世畸人伝』は「委細は不レ定《さだかならず》」としながら、涼雲が養子に入る以前から伊能家が清心館を後援していたのだろうと推測している。道場が正覚寺の境内に移ったのは、伊能家の菩提寺である正覚寺と、清心館の幾代目かに縁があったからだろうとも述べて、後継者のない剣術道場を涼雲が引き受けたのではないかとしている。

しかし伊能涼雲に剣術を学んだ形跡はない。それで道場主が務まるのか疑問に思えるが、涼雲はおもに兵学を講じたらしい。かれが『孫子』研究を通じて独自の兵術兵学を編みだしていたことは、遺された書簡類からわかる。

涼雲は漢学塾を道場へ移し、清心館は近在の百姓の倅《せがれ》を中心に、漢学を学ぶ者、剣術を学ぶ者、またその双方を学ぶ者で賑わった。文武に偏りがあってはならぬと高唱する涼雲は、漢学の弟子らに必ず剣術も学ぶよう勧めたという。剣術の指南については、原田某なる水府浪人を雇い師範代に据えて、伊藤派一刀流に学んだというこの人物が担当したが、伊能涼雲が剣術に全然無関心だったのではない。いやむしろ、涼雲は『孫子』研究の蘊奥《うんのう》から、剣術について独自の思想と技法を編み出し、門人らに伝授した。そしてこれこそが、幕末の剣術界において、北辰をすら遥か彼方に見やる、奇矯なまでの合理性を具現する一流派を成したのである。

伊能涼雲が『孫子』より引いて掲げる大原則は次の二つ。

一、「不戦而屈人之兵、善之善者也」（戦はずして人の兵を屈するは、善の善なる者なり。）

二、「兵者詭道也」（兵は詭道《きどう》なり。）

戦わずして勝つこと。敵を欺くこと。この二本の柱を高く掲げ、徹底したところに、自然天真流の――いや、むしろ伊能流と呼ぶべき当流の面目はあった。

第一の原則に基づいて涼雲は、槍刀を以て仕合う場合、必ず数で上回るべきであるとする。涼雲が弟子へ宛てた書簡にはこうある。

一者の敵に対し、百を以て当たれば、敵人は屈せざるべからず。百に足りずとも、多勢の者、槍衾《やりぶすま》を作《な》せば、一者にては如何《いかん》とも為《な》し難く、槍に代はりて鉄砲を用ふならばなほ善し。かの剣聖新免武蔵と雖《いへど》も、数多《あまた》の鉄砲に取籠《とりかこ》まるれば、詮方はなし。戦はずして剣を措《お》くほかに余地なきは道理にて候。

百対一ならば戦わずして勝てる。百より少なくとも、多勢が槍を並べて囲めば同様であり、槍でなく鉄砲なら、武蔵といえども降参するほかない。要するに兵力で圧倒すれば、敵は戦意を失い、「戦はずして人の兵を屈する」ことになるというわけである。

では、彼我の戦力にどれほどの差があるべきなのか。この点についても伊能涼雲は詳細に考察し、かりに鉄砲がない場合は、十対一が基準になるとする。もっとも敵が「物狂ひて」暴れる可能性があり、この場合は「野猪《やちよ》を捕へる」のと同じ準備が要り、具体的には刺股《さすまた》、弓、投網等を用意すべきである。しかし敵が「新免武蔵の再来ともいふべき剛者」ならば、十対一では難しい。やはり鉄砲で取り囲むほかなく、それがない場合は戦うべきではない。逆に相手が「臆病柔弱なる蒟蒻《こんにやく》武者」ならば十に欠けてもよく、ここにおいて孫武のべつの金言、「彼を知りて己を知れば百戦して殆《あや》ふからず」が大切になるわけだが、これはいまさら高唱するまでもない常識、大前提だと涼雲はしている。

そうして敵を知った結果、かりに相手が懦弱極《だじゃく》まりなく、「患ひて棺に半ば足を踏入れたるが如き半死人」だとしても、一対一の斬り合いなどは断じて避けるべきである。なぜなら戦闘の場では何が起こるかわからず、「むざと命を落し果つる」破目になりかねぬからである。必ず「戦はずして勝つ」に徹しなければならない。

とは云うものの、一対一で、あるいは同数同士で戦わざるをえぬ場面もあるのではないか。その際はいかにすべきか。さように問いを立てた涼雲は、逃げるにしかず、と説く。

後を見ず逃げに逃げ、しかるのち衆を集め重来《ぢうらい》するにしかず。恥、面目抔《など》いふは、武士が化粧《けはひ》するがごとき無用の物にて、邪魔ならざるはなしと心得べし。

いったん逃げて、あとから味方を多数集めればよい、恥や面目などは邪魔物以外の何物でもない。と、このあたり伊能涼雲の面目躍如の感があり、武芸道場の通念のはるか軌道外にある清心館の特色が著しい。実際、清心館道場では、逃げ足が重視された。とくに蹠《あしうら》の鍛錬が強調されて、これは逃げるに際して履物を脱ぎ捨てて走るからである。敵がおなじく裸足になって追ってきた場合でも、蹠を硬くしておけば、蹠の柔らかい相手を引き離せる。足袋の工夫も涼雲はした。仕合《しあい》では何より足元が肝要であると涼雲は唱え、底に鹿や狸の革を貼った刺し子木綿で踝《くるぶし》から足首までを包み、紐で結ぶ黒足袋を作らせ、戦足袋《いくさたび》と称して門人らに履かせた。木綿地を黒色に染めたのは、物陰に逃げ隠れた際に目立たぬための用心であると涼雲はしている。

戦支度や儀式となればまたべつだが、この時代、普段から足袋を履く習慣は一般になく、しかしいつ何時刀を抜き合う事態に至らぬ――いや、走り逃げる必要が生じぬとも限らぬ以上、外出時はなるべく戦足袋を履くべきであった。もちろん脚力の鍛錬は必須であり、門人らは稽古の前後に四里の道を駆け、近在の者らは、あれは剣術道場ではなく、飛脚の道場だと指差して笑ったと『新続近世畸人伝』は記している。

要は絶対に勝てる戦いしかなさぬと云うのが、伊能流「剣術」の本義であった。とは云え、なんとしても逃げられぬ状況もあるのではあるまいか、同数同士で戦わねばならぬ窮地に追い込まれることなきにしもあらずではないか、との疑問が生じる。その場合はいかにすべきか。

第二の原則、「兵は詭道なり」が強調されるのはここにおいてである。

四

伊能涼雲は云う。

兵は詭道なりと孫武の述ぶるところ即ち、卑怯といふに尽く。卑怯を侮りてはならじ。兵の本道は卑怯にあり。兵道は卑怯を本にうち立てられたる業なりて、凡《およ》そ戦《いくさ》に卑怯なし。抑ゝ《そもそも》槍刀を用ふる事こそ卑怯の根元なりて、謂《おも》へらく、山の熊鹿より見らば、人の弓箭鉄砲を用ふるほどの卑怯はなし。

そもそも武器を使うことが卑怯なのであり、熊や鹿からすれば弓や鉄砲を使う人間くらい卑怯な者はない。この卑怯の言葉こそ伊能流兵術の根本に存する名辞であった。涼雲はべつの書簡のなかで、源義朝を裏切った長田忠致《おさだただむね》や、諏訪頼重を奸計《かんけい》を以て討ち取った武田晴信の故事など、騙し討ちの実例を列挙して、武士の闘争とは元来こういうものなのだと論じている。逆に敵に塩を贈った謙信については、「塩に毒を混ぜるにやあらむとは思はねども、なんぞ心底に詭計《きけい》あるは疑ふべからず」と猜疑を記し、もし本当に謙信が親切心から施しをなしたとすれば、「人倫には優なれども、品下る武人と断じざるべからず」とするあたりの首尾一貫ぶりは清々《すがすが》しくさえある。涼雲に云わせれば、武士道とは、義や礼などではなく、ましてや死ぬことではなく、卑怯にこそあるのであった。

そも卑怯が武士の悪名となりたるは、古《いにしへ》の武将、名は伝はらねど、孫武に劣らぬ兵法者の所為《しよゐ》は疑へず。あまたの武将ども卑怯の業を為してはならじと臆せば、手だてを選《えら》むに手足を縛られたるも同然なり。卑怯を事とする者只一人、武略の手足を思ふさま伸ばすを得たり。

戦において誰もが卑怯であってはならぬと思うなかにあって、卑怯な手段を平気で使う者は断然有利である。そもそも卑怯はよろしくないとの思想を流布したのは、知恵者の奸計だったのであり、名前の残らぬその者こそ、「兵は詭道なり」の大実践者にして孫武に劣らぬ策戦家であったと涼雲は賞賛するわけだが、では、「兵は詭道なり」の原則は、実際の立ち合いではどのように貫かれるのか。

一対一ではまず逃げよと教える涼雲は、しかし相手の脚が速く、息も切れず、かつ蹠《あしうら》も硬い場合はいかに、と問いを立て、「物を用ふべし」と述べる。物とは具体的には撒菱《まきびし》である。撒菱は忍者の使う三角錐の形状の木片や鉄片で、『新続近世畸人伝』は、これが実際に有用であったかは疑わしいとしているが、涼雲は独自の工夫を凝らし、木片の頂点から針が突き出す仕組を、弟子に宛てた手紙のなかで図入りで解説している。その上でいう。

撒菱は竹筒か厚地の布袋に仕舞ひて携行すべし。くれ〴〵も薄地は避くべし。針の布を刺し貫き、懐にしまひ置けば肌を破りて、痛に耐へぬが故也。ときに黴毒《ばいどく》入りて、腫《は》膿《れ》みて熱を帯ぶ危険あるを忘るべからず。

涼雲自身が撒菱袋を懐に入れて針に刺され、酷い目に遭った経験があったのだろう。撒菱のほかに有用とされたのは目潰しである。灰と砂に擦り辛子や砕いた硝石、蛾の鱗粉などを混ぜた粉を、やはり袋に入れて持ち歩き、いざのとき敵の顔に投げつけ時間を稼ぐというものだ。これも涼雲は鋭意研究し、製法を書簡で詳しく解説しているが、実際に役立つものだったかどうかは怪しい。撒菱もそうだが、そんなものを懐から取り出してもたもたする間に逃げた方がよほどいいのではないかというのが『新続近世畸人伝』の見解である。

火薬玉も涼雲は工夫した。これは昭和時代に癇癪玉《かんしゃくだま》と呼ばれて駄菓子屋で売られていたのと同じ仕掛けのものであろう。和紙に小石と火薬を詰めて球形にし、地面に叩きつけると音を立てて破裂する。複数の敵に囲まれた際にとくに有効で、敵が驚き怯《ひる》んだ隙に逃げるというわけだが、「火薬玉を使ふ抔《など》はあるべきにはあらず」とする涼雲自身、あまり自信を持っていなかったようだ。そもそも一対多の状況に陥ること自体、伊能流の本義からして、あってはならないのであった。

涼雲の思考法は、決疑論的《カズイスティック》なところに特色があり、立ち合いのあらゆる類型を網羅しては、ひとつひとつに正着を模索していくのだが、一対一の部の究極は、敵手の脚力および蹠《あしうら》の硬さがこちらと同等、ないし上回り、撒菱等も功を奏さず、閉所に追い詰められるなどして、逃げきれなかった場合である。ここで登場するのが「隠形欺詐《おんぎょうぎさ》の法」だ。

隠形欺詐の法、其《その》一段と云ふは、刀を納め、脇へ置きて座し、平伏するにあり。額の地につく迄低頭するは、是《これ》すなはち土下座也。驚懼《きやうく》の体を満身に顕《あら》はし、命乞ひして泣き抔《など》すれば尚《なほ》善し。見苦しく見ゆれば見ゆるほど善《よ》ろし。さすれば敵武者、呆れ果て立ち去ること疑ひなし。

刀を置いて平身低頭、見苦しく命乞いすれば、相手は戦意を喪失、せいぜいが頭を蹴られたり、髷《まげ》を切られたりする程度で済む。こうして一度退き、数を集めて再戦し、勝利すればいいのである。

髷を失ふたとて、重来し敵の首をとれば、事足るべし。髷は髪生ふればゆく〳〵は再興すべし。斬られたる首は二度生ふことなし。死んでは元も子もなしと心得べし。

ここでも恥、面目の無用がくどいほど説かれるわけだが、死んでは元も子もないと言い切る思考法は、死に親しむ傾きの強い武家の思想とは根本から異質と評すべきだろう。

土下座をして謝った。泣いて命乞いをした。しかしなお相手がこちらを「憎み恨むこと甚《はなは》だし」いこともあり、あるいは「かやうな見苦しき振舞は武士にあるまじく、成敗仕《つかまつ》らう」などと思うかもしれない、と涼雲は思考を進める。そのときはどうするか。ここにおいてついに剣術の出番はくるのだった。

「隠形欺詐の法」の二段はこうだ。

懐に秘めたる小柄《こづか》を掴み、壱の形すなはち土下座よりして、弐の形すなはち蛙跳びに跳び、時を置かずして参の形に移るべし。すなはち両手に掴みし小柄にて敵手の頸《くび》を一息に突くべし。壱より参の形は、樋《とひ》に水の流るるが如く為すべく、なにがさて敵手の虚を衝くが肝要也。

伊能流「剣術」の、唯一具体的な剣の技がこれである。壱の形、弐の形などと仰々しいが、要は土下座で相手を油断させておき、不意を衝いて隠し持った刃で敵の喉を突くと云うわけだ。なるほど卑怯である。実際に道場では、土下座の姿勢から蛙跳びに突く形が飽かず稽古されたと『新続近世畸人伝』は伝えている。

そして立ち合いの究極中の究極は、云うまでもなく一対多となったときである。複数人に囲まれ、逃げることもならぬ場合は如何《いか》に。その際はまず「隠形欺詐の法」一段を試みる。すなわち伏して命乞いをする。二段は多数相手では使えぬので、状況を見て「隠形欺詐の法」三段を繰り出す。これは何かと云えば、狂人のふりをすることである。

妖し気なる笑《ゑみ》を面《おもて》に浮かべ、奇声を口より漏らしつゝ、よろめき舞ひ抔《など》すべし。口の端より涎《よだれ》、牛の如く垂らせば尚《なほ》善し。糞尿を漏らすも悪しからず。かやうな物狂ひせる痴人を斬るは刀の穢《けがれ》也、血を拭ふも厭《いと》はし、捨て置くにしかずと、敵手ら思ふにや。いづれさなれば勝ちと云ふべきにやあらむ。

こんな狂人を斬っても仕方がない、放っておけ、とかりにそうなればこちらの勝ち、とにかく危地を脱しさえすれば、あとから敵方に十倍百倍する同勢を集めて再戦し、打ち負かせばいいというわけである。ここでも涼雲は、糞尿に汚れた袴や着物などは「事終はれるのち濯《すす》げば済む事也」と加えるのを忘れていない。ほとんど身もふたもない、きわめて即物的な合理性が、伊能流「剣術」の奥義なのであった。

こうした合理主義は、神仏の祟りの不在を確かめるべく社《やしろ》に小便をかけて回った福沢諭吉などにも通底する、近世思想のひとつの底流をなすものと云うべきかもしれない。

五

しかしこのような剣術道場に果たして人は集まるものなのか。不思議に思えるが、集まっていたと『新続近世畸人伝』は伝える。国学洋学の隆盛に押され、年を追うごとに漢学塾の入門者が漸減したのに対して、剣術道場のほうはむしろ門人の数をふやした。清心館では、自然天真流——とはつまり伊能流であるが、これを学ぶ前段、刀の握りようにはじまり、気息の整え方から組太刀の形に至る剣術の初歩は師範代が教授した。初代の原田氏は素人に教えるのがうまく、道場繁栄の礎を築いたといわれ、原田氏が去った後は、涼雲の高弟であった釘沢市助が師範代に就いた。これもまた懇切ていねいな教えぶりが評判で、自然天真流こそ「天下一の必勝剣法なり」の宣伝効果もあり、近在の者が競って門を叩いたという。伊能流が天下一の必勝剣法——絶対に負けぬ剣法であることは、右に述べたとおり、決して誇大広告ではない。

市助は出羽庄内の百姓の倅で、もともとは涼雲の生家の従僕であったが、その才覚を涼雲に見出されて弟子となり、釘沢の姓を与えられた。釘沢は涼雲の実家の姓であるが、養子に入ったというわけではないらしい。漢学もさることながら、市助は剣術の才に優れ、原田氏の教えを受けてみるみる腕をあげた。原田氏は伊藤派一刀流に学んだ剣客であったから、市助もおなじ流儀にちがいなく、つまりこの時代の清心館は伊藤派一刀流の流れを汲んでいたと云えるだろう。その礎石の上に打ち立てられたのが伊能流であった。

釘沢市助の涼雲に対する尊崇の念は篤く、涼雲の市助への信頼もまた固かった。釘沢市助こそが、伊能流「剣術」の奥義を極めたについては、まず第一の者であった。『新続近世畸人伝』は釘沢市助についてもいくつかの挿話を紹介している。

いわゆる道場破りのごとき所業のほとんどは、のちの講談や小説の描く虚構であるが、武者修行の剣士が、一手御指南願いたいと、町道場の門を叩くことはあり、清心館にもそうした者はときに現れた。さような折には、涼雲が奥座敷へ通し、戦わずして勝つ伊能流兵術を諄々《じゅんじゅん》と説き、剣士の多くは「狐狸《こり》に誑《たぶら》かされたかの如き」面持ちで去るのが常であったが、なかにはぜひ立ち合いをとせがむ者もあり、原田氏がいた頃は原田氏が相手をし、やがて釘沢市助がこれに代わった。

あるとき芸州藩士という剣客が立ち合いを所望した。それではと市助が道場の板敷で木剣を構え対峙した。剣先を合わせること数度、すると市助はいきなり参ったと叫んで板敷に平伏した。

いふほどの事もなしと、芸州藩士の剣を下ろせし刹那、市助、蛙跳びに跳びて、結びし指を武者の頸に突きつけたり。さうして言ふやう、懐に秘め隠したる小柄、いまし吾が掌中にあらば、貴公は已《すで》にして命を失へりと。

必勝剣法などと嘯《うそぶ》くにしてはたいしたことはない、相手が侮ったところへ、市助は「蛙跳び」に跳んで指を喉に突きつけ、もし自分が刃を持つならあなたの命はすでになかったと云った。すると見所より観覧していた涼雲から、「これぞ自然天真流奥義、隠形欺詐の術なるぞ」と満悦の大声が放たれたと云う。芸州藩士がこの後どうしたかについては、『新続近世畸人伝』は記していない。しかし果たしてこのような剣術道場に人が集まるものなのか。重ねて疑問に思えるわけだが、清心館の評判を著しく高める事件があったとも同書は伝えている。

ちょうどペリーの艦隊が浦賀に投錨していた頃、江古田村近くの稲荷神社に不逞《ふてい》浪人が巣くう事件があった。数名の浪人らの素性ははっきりしないが、一人はさる高家の家臣と称し、われらは当の高家に発した仇討ちの助太刀として国々を渡り歩く者だといい、近隣の百姓家に酒食や金品を強要し、若妻や娘を拐《かどわ》かすなどの悪行を働いた。代官所の役人がもたつくうちに、業を煮やした百姓らが集まり、退去を促したところ、代表の者がいきなり首を刎《は》ねられて、人々はいたく恐れ、また深く恨みを含んだところで、相談を受けた伊能涼雲が出馬した。

当方は貴殿の主家である高家とはかねてから親交を結ぶ者、ぜひ拙宅にて一献傾けたく存じ奉り云々と、釘沢市助に口上を述べさせ、案内させる途次、切り通しに差し掛かったときである。

浪人ども深穴に落つ。一人落ち残る者ありしを、市助背を突きて落とし、穴底より突き出たる削《そ》ぎ竹に余さず刺し貫かれたるところへ、崖上に隠れたる一隊、岩を投げ落とすや、藪陰より別隊あらはれ、竹槍にて浪人どもを突きに突きけり。穴は涼雲が掘らせし仕掛なるは云ふまでもなし。

涼雲の指示であらかじめ掘っておいた落とし穴に浪人たちを嵌《は》め、百姓の手で成敗した。このときの策戦指揮、および代官所に話をつけた事後の処置が見事であったと、近在で清心館の名望は一遍に高まったという。

ちなみに涼雲は陥穽《かんせい》が大好きだったようで、研究もしていて、やはり弟子への書簡のなかで、あらかじめ日時場所の決まった果たし合いのごとき闘いでは、「隠し穴」を掘っておくのがきわめて有効だと記し、穴の幅や深さ、穴を隠蔽する方法、敵手を穴へ導く手順など、詳しく解説している。剣術の果たし合いで落とし穴とは、なるほど卑怯である。

『新続近世畸人伝』にも、清心館道場の板敷に剣客を嵌める陥穽の仕掛が施されているとの噂があったとある。

道場の真中にからくりありといふ者あり。床間の軸裏に紐の下りて、是を引けば、たちまちにして穴の口開きて、武芸者を奈落へ落とし参らしむると云ふが、いかに卑怯道を大書して掲ぐるとは云ひ条《でう》、さまではあるまじ。

いくら卑怯を標榜するとはいえ、道場に陥穽ではさすがに卑怯がすぎるだろうとしているが、涼雲の遺した書簡を知る我々としては、あながち否定できぬ感はある。

伊能涼雲はこの騒動から数年後の、安政五年初春、病に倒れた。釘沢市助は師を手厚く看護し、快癒を願じて朝夕欠かさず氷川神社で水垢離《ごり》をしたが、翌年に涼雲は没した。諱《いみな》は孫賢。墓は正覚寺に建てられ、市助は月命日に欠かさず香華《こうげ》を手向けた。

『新続近世畸人伝』の記述はそこで終わる。だが、清心館はその後も存続し、釘沢市助が道場主を襲って流派の系譜を継いだ。とわかるのは、江古田清心館及び釘沢市助の名前が、幕末志士の書き物に登場し、また釘沢市助自身もわずかながら書簡を遺しているからである。幕末維新の暴風下での清心館の動向を以下に見ておこう。

六

伊能涼雲の論究は兵学に集中して、政治向きについてはほとんど述べていないが、唯一、木下渓庵《けいあん》と云う武州岩槻《いわつき》在住の儒者に宛てた手紙に、攘夷に関する意見が残る。

夷狄《いてき》を払ひ候べしと世上喧《やかま》しく騒ぎ候へ共《ども》、はたして文永弘安の如くに事これ成候にやと疑ひ仕《つかまつ》り候間、異国の兵力をまさに識《し》る事こそ肝要と存じ候へば、さなき攘夷抔《など》は虚論空言に候て、酒宴の放言の類《たぐひ》に他ならずと存じ仕《つかまつ》り候。

世間では攘夷が喧しく云われているが、元寇のときのようにうまく運ぶとは限らず、まずは異国の実力を精確に測るべきで、それをしない攘夷論などは無意味だとする涼雲の意見は、かれの兵学からしてまずは当然であろう。その上で涼雲は、もしかりに異国の力が我が邦を上回っているならば――その可能性はアヘン戦争の結果からして高い――「辞を低くし、屈従に甘んずるに如《し》かず」と述べ、その間に敵国の優れた兵器兵術を我がものとし、優位を築いたあかつきに攘夷を果たすべきであるとしているのも、土下座から蛙跳びの伊能流兵学からは一本道であろう。伊能涼雲の論で出色なのは、日本がある程度の実力を養った後の構想で、異国と一口に云っても一枚岩ではなく、英仏墨露普蘭の間には必ず利害の対立があり、不仲の因があるはずで、これに乗じてうまく立ち回り、絶えず多数派ないし強大派に与《くみ》して利をとるべきと主張する点だ。

仮令《たとひ》我邦と盟を相結び候国が、友誼仁義抔《など》は耳の滓《かす》程にも思ひ候はぬ非道の悪逆国に候て、皇国を甚《はなは》だ軽侮する事これあり候と雖《いへども》、当該の国の強大に候はば、敢へて親しく結ぶべきにて、悪逆国をして他を征さしめ、宇内《うだい》を清掃しつる後、当の悪逆国を斃《たふ》すべき手立てを講じるが最上と存じ奉り候。

どれほど悪辣《あくらつ》非道で、こちらを見下している国であろうと、強い国と仲よく手を結ぶべきである。強国の力を借りて他国を征服し、世界を平定したあとで、その悪逆国を打ち破る方法を考えればよい。とは、やはり伊能流兵術の延長上にある主張なのであった。

当時の政論分布図のなかで見れば、これは開国論と云うことになるだろう。攘夷のための開国は、この時代、多くの論者が口にした理屈であった。もっとも伊能涼雲自身は、「開国派」たる信条を広く唱えるようなことはなかった。思えば、尊攘有志の糾合を目論《もくろ》み策動した出羽庄内の志士、清河八郎と涼雲は同郷であり、昌平黌では机を並べていた可能性がある。清河八郎は昌平黌の同僚らと友誼《ゆうぎ》を結び、諸国で面談した人物の評を含む手記を残しているが、伊能涼雲の名前はどこにも登場しない。涼雲のほうは、木下渓庵への書簡で一度だけ清河八郎に言及し、「かの清河のごとき軽才子は、遠からず首を失ふは必定と存じ仕り候」と書いている。清河八郎は文久三年に江戸で暗殺されたから、涼雲の予言は遠からずであったわけだが、いずれにせよ、伊能涼雲は政治には係らぬまま鬼籍に入った。一方で、釘沢市助は、本人の志願するところとはまたべつに、政治の風雲に巻かれざるを得なかったようだ。

伊能涼雲が没して三年後の文久二年、清心館道場主、釘沢市助は清流隊なるものを組織した。これは清心館の門人を中核にしたもので、尊王攘夷の旗を掲げて活動した。もっともこの時代、尊王攘夷を口にせぬ者はおらず、それを標榜せぬ結社もなく、いかに尊王や攘夷を実現するか、具体的な方策如何《いかん》にしたがい意見の相違があったにすぎない。即時の攘夷か、開国を迂回した攘夷か。幕藩の旧態を温存した尊王か、幕藩体制を一掃した尊王か。ときに流血を見た政治闘争の対立の中身はこれであった。

釘沢市助の政治信条は判然《はっき》りしない。先師の敷設した軌道を忠実になぞると見える市助に政治結社はふさわしくないとも思えるが、かれが清流隊を組織したのは、涼雲の死後も清心館を後援していた伊能家の意向であったと想像される。涼雲には子がなく、先代の弟の子を養子に採り、後継としたが、平田篤胤《あったね》の門に一時いたといわれるこの当主に政治への傾きがあったらしい。政治をべつにしても、江古田村を含む江戸西郊は、天領や旗本領、藩領の飛地などが複雑に入り混じり、元来治安が安定しなかった。稲荷社に巣くった不逞浪人らが放任されたのも、一円の支配権力を欠いたせいで、百姓に剣術熱が盛んだったのは自衛の目的があったからだが、幕府衰滅の趨勢のなか、世情はいよいよ不安になり、自生的な治安組織が要請されたのだろう。この時代、各地で一揆が頻発し、米不足や重税に反発する一揆勢の矛先はしばしば豪農や商家にむかったから、伊能家が清心館に期待しても不思議ではなく、釘沢市助にとって伊能家は主家のようなものであっただろうから、その頼みを無下にはできなかったと推察される。

清流隊には門人のほかにも、浪士らが集まり、一時は数十人規模になっていたと見られる。これは自然天真流の名声あるいは釘沢市助のカリスマ故ではないだろう。おそらくは後援する伊能家の財力が理由であったと想像される。清流隊が地域の治安維持にどれほどの貢献をなしたかは、記録を欠いて判然《はんぜん》としない。清流隊がむしろ地域住人にとって荷厄介であった可能性も否定できない。正覚寺を根城とした清流隊の者らが、道場で酒盛りしては天下国家の趨勢を悲憤慷慨《こうがい》し、口に泡して激論を交わしていたとは、木山藤蔵という、浪士組から新徴《しんちょう》組に加わり、東北を転戦したのち箱館戦争に参加した志士が証言している。

自然天真流師範釘沢市助、人物なりと、兼て聞き及び、熟談せむと道場を訪《と》ふに、釘沢は他出中にて、留守居の清流隊士と申す者ら、しきりと酒食を勧む。隊士ら大飲しては激論を交はせり。副頭取の佐々岡なる者言ふやう、我ら勤王の義気抑《おさ》へ難く、内奸を除き、外夷を挫くに、一命を擲《なげう》つ覚悟なりとて、対座して此方の存念を糺《ただ》す。目の玉の蛙子《かへるご》の如くあらぬ方へ散り動くが奇《あや》しき男なり。もとより御一同と同然の者也と答ふるや、者ども沸き立ちて、笑ふ者あり、熱涙を零《こぼ》す者あり、はたまた高吟する者あり、果ては大酔して剣舞を舞ふ者あり。（木山藤蔵『輾々録《てんてんろく》』）

釘沢市助に会いに道場を訪れたところが、釘沢は留守で清流隊士から酒を勧められ、目玉がおたまじゃくしみたいに変に動く男から尊攘の義挙への覚悟を問われた。むろん志を同じくする者だと答えると、酒宴は大いに盛り上がり、剣舞をする者まで出てきたと云うから、なんとなく雰囲気はわかる。水戸天狗党や赤報隊、あるいは新撰組や新徴組の前身である浪士組にしてもそうだが、徒党的な性格を持つ団体に、食い詰め浪人や無宿者などが一定数混じり込むのは必然であった。規模ははるかに小さいものの、清流隊も例外ではなかっただろう。一癖も二癖もある浪士らをまとめ仕切るには、頭目の統率力、支配力が必要であり、新撰組が内部粛清を繰り返して組織を強固に焼成したことは知られている。

篤実だけが取り柄と思える釘沢市助に、近藤土方のごとき胆力があったかどうか。結局その日は釘沢市助はもどらなかった。木山は道場に一泊し、翌朝起きてみると、寺の境内を走る者らがいた。

道着に袴を穿ける者ら、一団を成し、境内を駆け、寺門より出でて畑道を往く。争ふがごとくに駆ける様は、錬成なるべし。その疾《はや》きこと猫に追はるゝ鼠群のごとし。半刻の後、駆け戻りて、息荒く倒れ臥し、井の水を汲みて飲み抔《など》する中に、汗もかかぬ様にて涼やかなる清瘦《せいそう》の士あり。釘沢市助なり。（同書）

道着袴で集団を成して走るのは、道場の鍛錬だとわかったが、駆け足の速さが猫に追われる鼠のようでもの凄かった。一時間ほどして、息を切らしもどった者らは、地面に倒れ、井戸の水を飲んだが、なかにひとり涼しげなる様子の男がいて、これが釘沢市助であった――。伊能流の逃げ足が清心館道場においてなお重視されていたことがここからわかるが、加えてもうひとつ、興味深い事実を木山藤蔵は書き残している。とは、足袋である。駆足の練修をしていた人々が黒い靴様の物を履いていることに木山は強い印象を受けた。

然して一団の者ら、奇態なる黒き沓《くつ》を揃ひて履けるが怪し。西洋軍術より学びたるにやと思ひ聞けば、釘沢嬉し気に笑ひて曰く、さにあらず、こは先師の工夫せる戦《いくさ》足袋《たび》にて云々と、己が足より脱して様々に事示し、秀でたる所以《ゆゑん》を懇々と語れり。釘沢と談じて心に留まれるは、此《この》奇なる足袋に如《し》くは無し。（同書）

妙な履き物は西洋の軍装を取り入れたのかと訊けば、これは亡くなった師匠が工夫した戦足袋と云うものだと釘沢市助は喜々として答え、わざわざ脱いで見せた上でその性能につき熱心にかたった。釘沢と面談して、この黒足袋以上に印象に残った事はなかったと記す木山藤蔵が、釘沢市助を恃《たの》むにたる「人物」と観たかどうかは不明だが、旗本滝川播磨守の家臣であった木山藤蔵が、主家の家禄を辞してのち、諸国有志を訪ね歩いた三年間ほどの出来事を記した『輾々録』のなかで、清心館についての記事が比較的大きいのは、木山が釘沢に強い印象を受けたからだと考えることもできるだろう。

七

木山藤蔵は翌文久三年の一月、清河八郎率いる浪士組に加わり、京へ向かった。木山の勧誘があったのかどうか、少なからぬ清流隊員も参加して、この時点で隊は事実上解散したと見られる。釘沢市助自身は、少なくともこのときは参加していない。合流を促す門弟に対し釘沢は、清河八郎らの唱える急進的な攘夷断行には賛成できない旨、返信している。

世上に黠夷《かつい》討伐と申し候事、拠処《よんどころ》無き妄説と存じ候。黠夷共《ども》、船数に富み、長らく航海を業と仕《つかまつ》る国柄に候へば、火砲数多《あまた》備へし船、自国より呼び寄するはこれ容易《たやす》く、夷艦にて神国要津《えうしん》を埋め尽くすも可なるは明らかにて候。黠夷の武威京師《けいし》に及び候て、畏《おそれ》多くも玉体の被《けが》レ瀆《さる》る虞《おそれ》これありと観じ奉り候はば、今は何は扨《さて》置き、隠形欺詐の法に従ひ候て、身を屈すべき時にて候と存じ仕り候。

黠夷《かつい》とは、悪賢い異国人くらいの意味であるが、彼らは大砲を備えた軍艦を多数持ち、航海術にも通じているから、本国から船を呼び寄せて日本の要港を埋め尽くすこともできるので、こちらに勝ち目はなく、京の天子にまで害が及ぶ危険がある以上、ここは隠形欺詐の法を繰り出すべき時だと云うわけである。これに続けて、いまはむしろ「彼の業を盗み、術を真似し、国を富ましむるが先決」であるとするところは、維新政府の殖産興業と同じ発想であるが、この一文の前に、「夷狄に愛想笑ひし媚び諂《へつら》ひて」の文言がすんなり置かれるあたり、まさしく釘沢市助こそは、伊能涼雲の学統を節のない修竹《しゅうちく》のごとくに継ぐ者なのであった。

さらに釘沢市助は同じ書簡のなかで、自分はむしろ火砲の研究——諸外国が有するものを凌《しの》ぐ、「要港に布置せば、黠夷ども怖ぢて、尾を巻きて退散」してしまうような火砲の研究に勤《いそ》しみたいとして、これは先師の遺訓であるとも書いている。伊能涼雲の思想が元来孕《はら》んでいた抑止力の考え方もまた正しく受け継がれているのだった。

しかし釘沢市助はこの後、新徴組に加わったらしい。浪士組は京で分裂して、京に残った一部が新撰組となり、江戸にもどった者らが、清河八郎の死後、再組織されたものが新徴組である。新徴組は幕府から江戸市中の治安維持を任され、庄内藩酒井家の預かりとなった。

釘沢市助が新徴組に加わった経緯は不明である。しかし庄内藩に理由があるのかもしれない。伊能涼雲が出羽庄内出身であり、釘沢市助が涼雲の生家の従僕だった点を思えば、そちら方面からの働きかけがあったと考えることもできるだろう。元来が無頼の徒である浪士らを組織化するに際して、庄内藩は取締役となるべき藩士を本国から呼び寄せているが、釘沢市助が同じ役割を求められた可能性はあるだろう。いずれにせよ、清流隊解散の翌年の元治元年、新徴組が庄内藩の預かりになった際の名簿に釘沢市助の名前があるのはまちがいない。

新徴組は庄内藩士の指揮の下、治安の悪化した江戸で警察の役割を担い活動した。ことに幕府を挑発し開戦に持ち込もうと目論む薩摩藩が裏で糸を引く盗賊団とはしばしば刃を交えた。この「薩摩御用盗」にさんざん手を焼いた庄内藩と新徴組は、屯所が襲撃されるに至って業を煮やし、慶應三年の暮れ、三田の薩摩藩邸を焼き討ちして、戊辰戦争の引き金を引いたことはよく知られている。

新徴組に加わって以降の釘沢市助の動向はほとんどわからない。彼の名前が、書簡の類を含め、以後の資料にないからである。慶應四年一月、戊辰戦争緒戦となる鳥羽伏見の戦で幕府軍が敗れ、海路江戸へ逃げ帰った徳川慶喜が上野寛永寺に謹慎すると、庄内藩士は自国へ引き上げ、新徴組の多くも共に出羽庄内へ向かったが、このときの名簿に釘沢市助の名前はすでにない。死んだか、離脱したか、釘沢市助の姿は消え、それとともに清心館道場も百五十年に亘る歴史の幕を閉じた。

明治三年、正覚寺は火災に見舞われ、道場も焼けて、その後道場が再建された記録はない。伊能家も明治半ばには衰微した。かくて清心館道場は、最後の道場主、釘沢市助とともに、幕末維新から近代へと流れこむ歴史の大河に呑まれ、消えた。浮かんでは消えゆく無数の泡沫《うたかた》、そのささやかで目立たぬ一粒は、奔流の底に沈んだ。ところがである。とうに消えたはずの泡沫が、ふとまた水面に浮かび上がり、森の枝葉を透かし入る陽《ひ》を受けて煌《きら》めくことがあるから面白い。

『東洋新報』に「幕末維新の江戸回顧噺」なる記事が連載されたのは大正七年、明治維新からちょうど五十年目ということで、この年には似たような企画が新聞雑誌に登場し、これもそのひとつであるが、なかに次の談話記事が見える。

京都では新撰組が幅を利かしたが、こちら江戸は新徴組だ。羽州酒井様配下で、ずゐぶんと鼻息が荒かつたもんです。料理屋に大勢で乗込んで酒を飲んだりの乱暴もしたが、新徴組がぞろり見回に出歩けば、悪党連中もスッカリ大人しくなつた。新撰組は揃ひの羽織袴を着たが、新徴組にはさういふものは無い。夫々勝手〳〵の服装ですが、中に今の地下足袋みた様な履き物を履いた者が幾人かありました。足首迄スッポリ包んで紐で結んだ、真ッ黒の足袋だ。そんな妙チクリンな物を履く者は、あの頃は無かつたから、黒足袋組と呼んで江戸ッ子はをかしがつた。黒足袋組は御堀端の辺りをよく走つてゐました。黒足袋組はだいたいが走つてゐた。賊を追ひかけてゐるのかとみれば、別にさういふ訳でも無い。当時は運動競技会なんてものはむろん無い。なんであんなに走つてゐたのか、今もつて判りません。（角谷新左衛門翁談）

なぜ彼らが走っていたのか。我々はもちろんよく知っている。堀端を駆ける黒足袋組の先頭にはおそらく釘沢市助がいて、伊能流「剣術」の錬成に余念がなかったわけである。

さらにもう一つ、これは明治二十年代のことだが、意外なところで清心の名前を目にすることができる。日本橋数寄屋町にあった、江戸から続く履物店「平林」で、「清心足袋」なるものが売られていたと当時の新聞広告にある。この時代、ゴム底の地下足袋はまだないと思われるが、「車力及び土方仕事全般に好適」とあるから、「清心足袋」が戸外作業用の足袋であるのはまちがいない。これが伊能涼雲考案になる戦足袋に由来するものであるかどうか、それはわからぬが、女学生が使うのでもない足袋にわざわざ清心などと名を付すだろうか、とそう思うとき、新徴組を離れた釘沢市助が得意の逃げ足を生かして幕末維新を生き延び、その後、抑止力となるべき火砲の研究は残さなかったものの、伊能涼雲の発明になる戦足袋だけは正しく後代にまで継承したと、根拠は薄弱ながら、どうしても考えたくなる。

最後にもう一度、堀端を全速力で駆ける清心館の門人らの足音に耳を澄まして、筆を擱《お》こう。

> 日暮れ時になると、必ずタッタッタッタと音がして、黒足袋組が来る。あの頃はあんな風に走る者は珍しかつたから、子供らは面白がつて、一緒に駆けたものです。尤《もつと》も子供の足ではまるで追ひつけない。（同）

角谷新左衛門は外堀に沿う市谷《いちがや》田町《たまち》の飾職人の家に育った人だ。黒足袋組はいつも新徴組の屯所のあった飯田町の方から来て、四谷の方へ走っていったという。角谷翁は次のように談話を結んでいる。

なにしろ鳥みた様に疾いもんだから、表へ出てみると、モウ通り過ぎて姿が無い。闇中にタッタッタッタと足音だけが鳴つてゐました。今もあのつんのめるやうな足音が耳に残るやうです。

印地打ち

一

先年、紀州日置川《ひきがわ》流域を旅した折、篠木《ささき》ダムに近い村落の、無住となった寺の庫裡《くり》をそのまま利用した公民館に集う年寄から石合戦の話を聞く機会があった。端午の節句に子供らが川の両岸から石を投げ合い、ときに大人が加わることもあって、毎度少なからぬ怪我人が出、学校や警察が禁止を勧告したものの、已《や》まず、昭和四十年代にダムが建設されて、旧村の一部が水没するまでは盛んに行われていたと云う。少々面白い話題としては、終戦間もない頃、石合戦の取材に黒澤明が撮影クルーを率いてきたことがあって、子供も大人も大張り切りとなり、村民一同晴れ着で河原に整列したそうだ。昭和の大監督もさぞや困ったことだろう。なお昭和三十年に『石合戦』なる映画が日活で製作されているが、これは黒澤とも当地とも関係のない別企画であるようだ。

古老によれば、かつて石合戦はむしろ大人がする行事で、いまはダム湖の底に沈んだ神社に、払暁《ふつぎょう》村人が集合し、白衣《びゃくえ》の祭主が榊を添えた御神酒を社殿に奉納してのち、参加者は打ち揃って河原へむかい、天神岳に日がかかるのを合図に石を投げあったと云う。それがいつの時代にまで遡るのか、数え九十歳になる老爺が曽祖父から聞いた話として教えてくれたものだとすれば、だいぶ模糊としてはいるが、元来の石合戦が、農の吉凶を占う儀礼であり、ときに水争いの表現であったとは、多くの民俗学者が報告するところのものである。

石合戦の禁令は江戸時代初期には早くも出されていたと、椎橋浩二『農事暦の列島史』は紹介している。明治政府もこれを蛮習とみなし一掃せんとしたが、大正九年、内務省の委託を受けた九州帝大社会制度研究会が行った調査では、石合戦に類する行事がなされている地域は、島嶼《とうしょ》を含め全国で百二十余を数えたと云う。その大半は子供がするもので、これは多くの地方地域で、盆その他の祭礼時に催されていた村相撲、奉納相撲が、しだいに子供相撲に衣替えをしたことと軌を一にする現象だろうと椎橋氏は推論している。九州帝大の調査は、子供の遊びや喧嘩の延長上のものは数に算しておらぬので、何かしらの

「儀式」との繋がりを保つ、すなわち時節を限った石の投げ合いが、この時代なおこれだけの数あったのは驚きである。行事の主体はおそらく地域の大人であり、祭りの熱に煽られ血を滾《たぎ》らせた青年壮年が、密かに、あるいはおおっぴらに、子供に混じって石を投げたのだろう。祭と石礫《せきれき》は元来つきものであった。祇園会などの祭礼では、神域を出た神輿《みこし》や山車《だし》を曳く行列に石礫が投げつけられる現象がかつてしばしば見られたのである。

もっとも石合戦の起源を農事の儀礼だけに求めたのでは不足であろう。石は人類にとって手近で馴染みある武器であり、石を擲《な》げ敵に損傷を与える戦闘法は、金属利用の技術が発明され、弓箭《きゅうせん》刀槍が出現した後にも、石斧石刀棍棒等と並ぶ、有力な手法であり続けた。現在でも武装のない民衆の蜂起では、投石は最も手頃で有効な抵抗の手段である。昭和四十年代の学生叛乱《はんらん》では、学生らは角材で以《もっ》て機動隊員に殴りかかり、鉄路から拾い集めた、あるいは舗道の敷石を剝がして得た石礫を投げつけたのである。

子供の石合戦は、文字通り合戦に、すなわち戦闘に、起源——とまでは云わずとも、その遠い反響を持つだろう。弓箭が十分な射程を得るまで、遠方にある敵を威嚇し攻撃するに、投石は最も有力な手段であった。縄文人は平和を愛好し、列島が戦争を知ったのは弥生時代以降であるとの見解の当否は知らぬが、少なくとも卑弥呼の時代には戦争は人々の日常であった。もっとも武装せる兵同士が斬り合い組み打つがごとき戦闘法は、弓馬の道に専心する階層が登場する以前はむしろ例外であり、遠方から敵陣に弓箭を打ち込み威嚇し合うのが一般的であった。箭《や》は射るのではなく、降らせるものであった。雨霰《あめあられ》と降る箭は十分に恐ろしく、劣勢に気を挫かれた側は、彼方にある敵を目の端に捉えるのみで、慌ただしく退散したのである。

降ったのはむろん箭だけではない。時代を遡るほど、数多くの石が人々の頭上に降り落ちたことは疑いえない。弓箭と投石が射程を競う時期がおそらくはあったはずで、弓が長大となり、材質の異なる複数の木材を貼り合わせるなどの工夫が重ねられる傍らで、投石法にも改良が加えられた。腕でする投法にはさして工夫の余地もあるまいが、各種の投石器が発明されるに至って、その射程と威力は俄然増し加えられた。同時に文献に印地《いんじ》の語が現れる。投石で以て敵や獲物を殺傷する技術がおそらく印地と呼ばれたのであり、先に述べた石合戦を印地打ち、あるいは印地合戦などと呼ぶ地域が多い事実からも、石合戦の由来は推論できるであろう。

投石器について云えば、世上有名なダ・ヴィンチの投石器械をはじめ、西洋では古くから梃子《てこ》を利用した大規模装置がさまざまに開発され、実戦に投入されてきた。わが邦《くに》では、戦国期の城攻めに、大型の、欧語で云うところのカタパルトが使われたとの記録がないでもないが、ほぼ例外に属し、重量のある岩石の利用は、むしろ籠城側が城郭から敵兵へ大石を投げ落とす戦法が主流であった。一方でそれよりも簡便な、かつ有効な器具としては、欧語で云うスリング、手持ちの投擲帯《とうてきたい》がある。これは紐の回転力で以て石弾の威力を増強する仕組みで、最も簡便には、石を包んだ手拭を振り、勢いをつけて石を放つ遣り方がそれである。石を包む部位を皮革にするなどの発達工夫はあるにせよ、原理はどれも同じで、単純な仕掛けではあるけれど、使い手の技倆《ぎりょう》如何《いかん》では弓箭に負けぬ射程と威力を発揮しうるので、わが列島でも狩猟や戦闘に便利に使われた。種子島《たねがしま》に伝来して以来、火縄銃は息もつかせぬ勢いで列島に広がったが、鉄砲の多寡が合戦の勝敗を決した時代においてなお、印地がその余命を保ったと見るべき証拠がある。

旧山城国在の豪族と見られる一族の墳墓跡を発掘調査した大阪明倫大学の歴史学教室は、十六世紀の白骨に、鉄砲や刀槍で受けた損傷と並んで、明らかに石礫の打撃跡を残す遺骸が一定数あったと報告している(『大阪明倫大学歴史文化紀要』Ⅶ86号)。もっとも石礫の打撃跡は、投擲によるものとは限らず、組み打ちの過程で手近の石を相手の頭部に打ちつけた可能性は排除できぬとは云っておかねばならぬだろう。

文献資料を渉猟すれば、明治初年代に書かれた山園北渓『甲州軍記』及びその原史料と見られる『湖水欄上歴覧日月誌』には、信玄麾下《きか》の武田氏軍団に印地の衆と呼ばれる投石に特化した兵団があったとの記事が見える。下諏訪の宝泉院《ほうせんいん》住持二代の手になる、織豊期の日録である『湖水欄上歴覧日月誌』は、山園北渓の言及で以て知られるのみで、本文は散逸したと考えられていた。それが近年、大学の先輩である遠山康生氏が京都伏見の古書《こしょ》肆《し》で書写の一部を発見して我が閲覧にかかることを得たのであるが、これについてはまもなくかたることになろう。

『甲州軍記』の山園北渓は、甲州武田氏あるいは信州真田氏の配下にあった印地の衆は、夜闇に乗じ敵陣や砦に投石して攪乱《かくらん》する役を担う、素破《すっぱ》、乱破《らっぱ》の類であったとする一方、会戦に先立ち石礫の投擲がしばしばなされ、これを担ったのが印地の衆であったとも記している。戦国期に軍師と呼ばれた者の多くが陰陽道をはじめ卜占《ぼくせん》をこととする職能人であったことは知られているが、当時の武士が広く呪術の影響下にあったのはまちがいなく、合戦もまた祭事の一つと考えられた節があり、法螺《ほら》貝《がい》の鳴る直前になされた印地打ちはその表現であったかもしれない。

印地の衆についてのまとまった記述としては、寛永年間（十七世紀前半）に書かれた

『山巓集《さんてんしゅう》』がある。これは北条早雲の小田原入りから家康の江戸開府に至るまでの、おもに東国に割拠した梟将《きょうしょう》らの事績を記したもので、著者は今江兼庵《けんあん》と云う、中江藤樹などとも親交のあった儒者である。今江兼庵及び『山巓集』の成立については、興学社近世文庫『江戸の儒学者(4)』の高野譲氏の「解説」に詳しいが、館林《たてばやし》の豪家に生まれ、京に遊学したのち武蔵岩槻《いわつき》藩の藩儒となった今江兼庵は、金魚銀魚の飼育交配や、南蛮渡りの仙人掌《さぼてん》の栽培、あるいは当時流行の仮名草子作者としても知られ、江戸粋人の先駆をなす一種の奇人である。己が還暦の祝の小宴に呼ばれた芸妓と枕を交わし、「吾《わが》忍び入りたる火陰《ほと》、夢に数へて六十穴なるは真奇にして賀すべき哉《かな》、猶《なほ》身を慎まんと心得し候」などと親族への書簡に記すあたり、その面目は自ずから知られるだろう。

歴史物語の体裁をとる『山巓集』は、川中島の合戦をはじめ武田上杉北条三氏の鼎立《ていりつ》や、信州上州における真田氏の事蹟、秀吉の北条攻めなどに紙数が割かれているが、おおかたの近現代の歴史研究者は、その史料価値には疑問符を付してきた。今江兼庵が史書の蒐集家であり、遺した典籍の譲渡を水戸光圀《みつくに》が遺族に求めたことからもそれは知られるが、『山巓集』の叙述には『三国志演義』の影響が歴として、出所の怪しい口碑や風聞も多数含まれ、虚実ないまぜの虚の部分が大きいのは事実である。印地の衆に言及した部分も、ほとんどが虚構と考えられたが、必ずしもそうではなく、史実を核に有する事実が明らかになったのは、先ほど述べた『湖水欄上歴覧日月誌』（以下『日月誌』）の発見の御陰《おかげ》である。

こと印地の衆の記述に限っては、『山巓集』は『日月誌』を基礎史料としている。『山巓集』が小説的虚構の糖衣を纏《まと》うのはたしかにせよ、その核になる部分は、織豊時代の成立になる当書に負うことは疑えぬ。下諏訪の宝泉院では茶会がしばしば催され、近隣のみならず、甲府あるいは京坂東海方面からも人が来訪し、さまざまな噂や風聞が舞い込んで、これを二代の住持が折に触れて日録風に書き留めたものが『日月誌』であり、したがってその史料価値は比較的高い。もっとも風説の真偽の吟味は欠いて、明らかな浮説も含まれているから、すべて安心と云うわけにはいかず、それは印地の衆の記事についても云える。同じ記文にあたったと見られる『甲州軍記』の山園北渓も、「其《その》真疑は慥《たしか》むる不レ能《あたはず》」としているのだが、そのあたりは十分配慮しつつ、いまでは歴史の闇層に埋没してしまった感のある印地の衆の姿を素描してみようと思う。

二

印地の衆の故地は、信州上田の北東、四阿山《あずまやさん》と白根山《しらねさん》の西山麓、菅平から志賀高原へとつづく山岳地帯である。冬場は雪に閉ざされるこの地域に住む人々の、狭小な焼畑で芋雑穀を育て、鹿、兎、野鳥などの狩猟をするかたわら、木材の伐り出しや木工品の製作で活計を立てる暮らしぶりは、列島に偏在する山岳民のそれと変わらなかっただろう。根方《ねかた》の者、あるいはヒノ根の者と呼ばれる上田在の山地民が、印地の衆と呼び習わされたのは、かれらが投石の技に長じていたからであるのは云うまでもない。狩猟の民にとって投石はかつて必須の技術の一つであった。だいぶ以前の話になるが、羽虫を追って水面に顔を覗かせる岩魚《いわな》に石礫を投げて漁《すなど》る、高知県の山村に住む老人を取材したことがある。これはいわゆる石打漁、岩を石や槌で打撃し、振動で水中の魚を気絶させて摑みとる漁法とは別物であり、むしろ禽獣《きんじゅう》を的とする石打ちの系統に属するものであろう。

ヒノ根の者の印地打ちの技については、『日月誌』が印象的に記している。永禄三（一五六〇）年秋、奥山から現れた野猪《やちょ》が善光寺門前町で大暴れし、何人もの男女が突き殺される事件があった。寺侍が退治すべく、弓槍で攻めかかったが、傷を負った猪はいっそう狂乱して手がつけられなかった。

　野猪四方より被㆑射《いられ》て、刺さりたる矢柄、山嵐の如くになれども、猶《なほ》不㆑斃《たふれず》。侍共牙に被㆑突《つかれ》て、罵り逃げ惑ふ。寺僧町衆ら諮《はか》りて、巾七間、高さ二間、牢固なるかこひ造りて大路に据ゑ、手負ひせる野猪を追ひ込まむとするも、野猪かけず木板を食ひ破りて、猶《なほ》人を突きにけり。

そこへ現れたのが一人の「ヒノ根の者」である。『日月誌』は記す。

　箕尾《みのを》なるヒノ根の者、懐より網紐取りいだし、石を結び、大路に立ちて大猪に向かひて投ずれば、猪は眉間を被㆑撃《うたれ》て、よこざまに斃《たふ》れ臥《ふ》しけり。もろこしにもなきいみじき手際なりと、僧らいたく讃じたれば、かの者は名に聞く印地衆に候て、さはいと安き事なりと、駿府《すんぷ》より来にける人の教へたりといふ。

網紐に石を結び投げると云うのは、投擲帯《とうてきたい》を使ったとの意味だろう。ヒノ根の者は別の箇所では根方の者とも呼ばれているが、根方とは山の麓の意である。ヒノ根の語源ははっきりせぬが、現在は上田市に編入された真田町に傍陽《そえひ》の地名があり、それと関係があるかもしれない。ヒノ根は、日の根であり、長野方面から見て東側の山麓が根方であるなら、日の根は旭の出所の意味である可能性もある。

広く史料を渉猟すれば、ヒノ根の者は吉野の修験道と関聯《かんれん》しても登場する。役行者《えんのぎょうじゃ》が蔵王権現を祀ったとされる吉野大峯山寺《おおみねさんじ》には、儀式に用いる黒水晶の石刀を「ヒノネノ者」が納めたとの記録がある（滄溟会編『吉野修験・仏法資料集』）。ここに登場する「ヒノネノ者」が、いま我々が主題にするヒノ根の者と同一であるかどうかはわからない。吉野近在に「ヒノネノ者」と呼ばれる者らがいてもおかしくはない。北信州と吉野はかなりの距離があるが、山岳民に広範なネットワークがあったのもたしかで、北信州の霧ヶ峰は黒水晶の産地であり、石の扱いに長じていたヒノ根の者が石刀を製作し、定期ないし不定期に吉野まで運んでいた可能性はある。『山巓集』の今江兼庵は、ヒノ根の者と吉野修験とのつながりは、文武天皇時代に遡り、十六世紀に至ってなお途切れずにあったとしている。

「箕尾なるヒノ根の者」とある箕尾は、甲府市の編纂になる『甲州武田氏歴史資料集成』

中の、永禄年間と見られる信玄軍の陣揃一覧に名が見え、箕尾甚五郎なる者の下に、文二、コノド、申丸などの名が記されている。『日月誌』に登場する箕尾はこの甚五郎ないしは類縁の者だろう。永禄三年は桶狭間《おけはざま》で今川義元が信長に討ち取られた年だが、この頃にはすでにヒノ根の者が武田軍にあって印地衆と呼ばれ、投石の技で知られていたことがわかる。「駿府より来にける人」とあるところから、その評判は遠国にまで届いていたのだろう。

その後、おそらくは信玄の死後、印地の衆は真田氏麾下《きか》となる。もともとヒノ根の者は、上田近在の小豪族であった真田氏の故地近くに棲み暮らしていたから、その結びつきは古くよりあったものと推察される。むしろ真田氏が信玄の臣となるにともない、武田軍の編成に置かれたと見るのが自然だろう。ヒノ根の者は定住する場合もときにあったろうが、浅間山から白根山につながる山稜の西側山地に展開する移動民と考えられ、印地の衆の頭領格と見なされる箕尾甚五郎にしても、たいていの武士の頭領がそうであったような土地領主ではなかっただろう。印地の衆の組織は水平的であった。一党の者らは箕尾甚五郎のごときカリスマの下に結集し、武田氏真田氏の旗の下で戦働《いくさばたら》きをなした。ヒノ根の者にとって戦は稼ぎの機会であり、つまり兵の分類から云えばかれらは雑兵《ぞうひょう》であり、党を成した点に着目すれば、紀州雑賀衆《さいかしゅう》とも似た傭兵軍だったと考えられるだろう。

むろんのこと、先進地帯であった西国紀ノ川河口辺に蟠踞《ばんきょ》し、水運に従事して富を蓄え、いち早く鉄砲の先端技術を導入して鞏固《きょうこ》な軍団を組織した雑賀衆とでは、その軍事力、また歴史に残した足跡の大きさにおいて比較にならない。雑賀衆が徳川近世へと流れ込む大河へ注ぐ一筋の支流だとしたら、印地の衆は人跡なき深山に湧きだしまた岩間に消ゆる、幻のごとき細流にすぎない。とは云え歴史の地層に埋もれたごく小さな化石にも、儚《はかな》くも哀しくかたられうる物語であるかもしれぬと思うのである。

ところで鉄砲と云うならば、印地の衆もまた、真田昌幸の時代に、火縄銃を手にした。『甲州軍記』の山園北渓は、長篠合戦ののち、家督を継いだ真田昌幸は鉄砲の必要性を痛感し、鉄砲隊を創設して印地の衆に技術を習得させたとしている。昌幸が近江の鉄砲商人佐島喜平次に宛てた書簡に箕尾の名が登場するところから、印地の衆を束ねていた箕尾甚五郎に鉄砲隊の指揮をさせたのだろうとも北渓は推測する。実際には川中島の戦で信玄はすでに鉄砲を使っており、長篠合戦の時点で真田氏は当然鉄砲を保有していたはずだが、鉄砲戦力の増強が戦国武将にとって絶えず喫緊の課題であったのはまちがいない。いずれにせよこの頃までには、印地の衆は雑兵ではなく、足軽として軍事組織の下層に属すようになっていた。数にまさる徳川軍を撃退して真田昌幸の名を高からしめた、天正十三（一五八五）年の神川《かんがわ》合戦では、鉄砲足軽衆のなかに箕尾姓の名がいくつか見える（上田市編『真田氏関聯資料集』）。かれらは箕尾一族の可能性もあるが、あるいは鉄砲足軽となった印地の衆はすべて箕尾姓とされたのであるかもしれない。

『山巓集』の今江兼庵は、印地の衆は鉄砲について「天賦の才と呼ぶほか無き凄腕」の持ち主だったとし、「鉄砲と印地に相通ずるものがありしや」と記す。他方で弓についても印地の衆が馴染んでいなかったとは考え難い。弓の起源は旧石器時代にまで遡り、縄文期に高度な発達を見せた。狩猟を生業《なりわい》とするヒノ根の者らが、これを知らなかったとは到底考えられぬ。とは云えかれらが印地の衆と殊更に呼ばれたのは、石打ちの技芸との結びつきをもつ一族であるとの、自他の認識があったからだろう。ヒノ根の者は弓を排斥したのであり、それは投石術の練磨に集中するあまり、他が目に入らなかったからであると断じた今江兼庵は、「高所の美果を採り暮らす南蛮の島人、登木の技芸を競ふあまり、終《つひ》に梯《はし》子《ご》の発明を見ず」となったのと同然であると妙な解説をしている。

しかしどうして印地の衆は鉄砲を手にしたのか。むろん石と砲弾では威力に雲泥の差があることは云うまでもない。石では簡易な胴丸ですら破砕は難しいが、十分な量の火薬をこめた鉄砲ならば甲冑《かっちゅう》や兜を貫通しうる。石投げの兵員が十人いたとして、これが十人の鉄砲隊になり変わるなら、戦力は数層倍では利かぬ。印地の衆が下級兵となるに際して、新たな得物を持たされたことは自然の流れである。槍や弓を与えられる機会もあったかもしれぬが、「天賦の才」はともかくとしても、鉄砲との相性がよかったのだろう。

鉄砲を手にした後も、印地の衆は石を捨てることはなかった。あるいはヒノ根の者にとっての印地は、日常の技術である以上に、或る種の象徴性を帯びた技芸であったとも想像される。戦国の熾烈な生き残り競争のなかで戦闘が合理化されるにつれ、あるいは合戦の纏《まと》う呪術的な色彩が脱色されるにつれ、印地は過去のものとなり、それとともに軍事組織の下層に組み込まれていった印地の衆にとって、誰からの支配も命令も受けずに、自由に山野を駆けた昔日を象徴するものが印地であったかもしれない。

羊飼いの少年ダビデが、ペリシテの巨人戦士ゴリアテを斃《たお》す旧約聖書の物語では、青銅の鎧と鉄製の大槍で武装したゴリアテに対し、軽装のダビデは投石で戦い勝利する。この説話には、鉄器使用に先立つ、国家形成以前の部族連合イスラエルへの憧憬《しょうけい》が投影されているとM・ヴェーバーは『古代ユダヤ教』で述べているが、同じような意味合いをヒノ根の者の印地打ちが有していたとするのは、あまりにも空想が過ぎるだろうか。

三

箕尾甚五郎には三人の息子があったと『山巓集』は記す。

　箕尾甚五郎に三息あり。襁《ひむつき》より石を手草《たくさ》に生ひ育ち、小人乍《なが》ら孰《いづ》れも印地の業に秀で、野狩にては親等に劣る事無し。太郎は飛ぶ鳶《とび》を落とし、二郎は走兎《そうと》を斃すを得手とし、幼き三郎は藪中の蛇の頭を狙ひて外さず。由《よつ》て鳶太郎《とびたろう》、兎二郎《うじろう》、巳三郎《みさぶろう》となむ呼ばれにける。

このいかにも説話風に描かれた三兄弟は今江兼庵の創作ではない。『日月誌』にも箕尾三兄弟の名は登場して、ただしこちらでは鉄砲の名手として紹介されている。

　真田家中にて鉄砲名人と聞えしは、鳶、兎、巳。はらからにて、箕尾の印地衆也。上田の戦に手柄ありて、信幸殿より褒美を与へらる。

ここで云う上田の戦とは、先にも述べた、寡勢の真田軍が徳川軍を打ち負かしたことで世上有名な神川《かんがわ》合戦である。寄せくる徳川軍を、真田昌幸は上田城に、長男の信幸は砥石《といし》城にそれぞれ籠城し迎え撃った。上田城を攻めた大久保忠世ら率いる徳川勢は昌幸の計策により撃退され、退却するところを砥石城から出た信幸軍に攻められ総崩れとなった。箕尾三兄弟は鉄砲足軽として信幸の手勢のなかにあったのだろう。手柄の中身を『日月誌』は記していないが、鉄砲手である以上は、数多くの敵を、それも武将級の武者を撃ちとったのだろう。三兄弟の名声は広く聞えたらしい。神川合戦から五年後、天正十八年の『日月誌』には、かれらが豊臣秀吉に召されたとの記事も見える。

関白殿下、めざましき働きをなしたる印地衆に興を覚えられ、鳶ら箕尾のはらからを陣に召され給《たま》ふといふ者ありしが、かの人いかにものごのみと雖《いへども》、さはあるまじと蔵戸嗤《わら》ひすてぬ。

天正十八年は北条攻めの時期であり、箕尾三兄弟が秀吉に召されたとすれば、小田原城包囲の箱根山の陣であろう。蔵戸とは宝泉院と縁のある諏訪大社に関係する者であるらしい。その者は、いくら秀吉が物好きでもそれはあるまいと否定したが、少なくとも関白秀吉に召されたと噂されるくらいには、箕尾三兄弟の名は近隣に聞えていた。

印地の衆が鉄砲術に発揮した「天賦の才」の出来《いでき》たるところを考察した今江兼庵は、かれらの能力は狙撃の技倆だけではなかったと『山巓集』で述べる。火縄銃の弱点は風雨であった。逆に悪条件下での火薬火縄の管理は鉄砲手にとって必須であり、これに印地の衆は秀でていたのだと今江は云う。小田原征伐中の野戦でのことである。

松井田城を囲みし真田兵、背ノ戸の原にて大道寺政繁の隊と戦ふに、天俄《にはか》に掻き曇り、飆《あらし》たちまちにして野を覆ふ。風もの凄く、密雨地を叩きて数寸先さへ見えぬ有様となるも、平らかなる原にては隠るべき窟《いはや》とてなく、梢下に身を寄す敵味方の兵ども、水に落ちし鼠のごとくなれり。

平地での対陣中に驟雨《しゅうう》が降り、兵らはみな濡れ鼠となった。瓢箪《ひょうたん》に入れた火薬も、塗笠の下や懐奥に仕舞った火縄も濡れ、鉄砲は役立たずとなったかに思われた。ところがである。
　四半刻ののち、飇《あらし》去て、将の下知《げち》に兵ども応と鬨《とき》を放ちし時、轟と鳴る鉄砲の響、雷のごとく野を貫きて、緋威《ひおどし》の鎧着たる馬上の将、どうと泥土に墜《お》ち倒れぬ。両陣の者ども驚き見やれば、印地の衆ら膝立ちにて只《ただ》に鉄砲を構へ撃ちにけり。

　嵐の直後に印地の衆は当たり前のように火縄銃を撃ったと云うのである。雨中に鉄砲を扱う技術はどこでも研究していただろうが、遮る物のない平地で嵐に遭いながら、印地の衆が火を使える状態を保ったことに敵味方とも驚嘆した。

　印地の衆、空の翳《かげり》よりして飇《あらし》の襲ひくるを知るや、藪蔭に穴を掘りて臥潜《ふしひそ》み、草木砂土を集め蓋《ふた》し、身を縮め雨風の去るを待てりといふ。栖《すみか》に卵子を抱き護る告天子《ひばり》に学べしものなりといふ。開闢《かいびやく》より山野を己が内庭となせし日ノ根の者の面目、茲《ここ》に躍如たるものありといはんか。

雲雀《ひばり》は地面の窪に巣を作る。卵ならぬ火薬火縄を印地衆は穴に身を臥せて護った。簡便な着火具のない時代、農家町家の者にとっても火の管理は生活上の配慮の少なからぬ部分を占めていたが、あらゆるものが濡れそぼつ雨下の野天での火熾《ひおこ》しは難しい。火を護り接ぐ技術に印地衆は長じていたのだろう。山地の民には、農に従事する者の、あるいは町場に住む者の知らぬ、かれら独自の暮らしの伝統があった。

ほかにも印地衆は火薬量の案配について独自の才覚があったと今江兼庵は述べる。火縄銃は薬量にしたがい威力が増減する。薬を増やせば弾の到達距離も貫通力も大となる。ただし込めすぎれば、砲身が破裂する危険が生じる。通常は安全の範囲内に収めるが、これを超えて量を増し加える度胸を鉄砲手はときに求められた。むろん暴発させては元も子もない。無闇と火薬を詰めるだけの向こうみずではない、ぎりぎりの分量を測り見切る技能が名手の一つの資格であった。

温冷湿乾、日の照り風向、蔭《かげ》の深浅をはかり、陰陽の道理に従ひて装薬を加減するに秀でたる印地衆、恰《あたか》も鉄砲術をなす朱熹《しゅき》のごとし。日頃石に尋ね、石のこゝろ知る日ノ根の者ならばこそその業ならん。

こんなところで朱子学の祖を持ち出すのが可笑《おか》しいが、印地衆が鉄砲術に秀でていたのは、自然万物の気の流れを読んだうえで、火薬量の調整ができたところにあったと云いたいのであろう。それが可能だったのは、かれらが「石のこころ」を知っていたからだとする今江兼庵は、印地の衆の本領はあくまで石打ちの技にあったと主張したいらしい。

実際、今江兼庵は神川合戦での箕尾三兄弟の手柄は、鉄砲ではなく、印地打ちの技にあったとする。『山巓集』の物語を少しく追ってみよう。

四

神川《かんがわ》合戦すなわち今日、第一次上田合戦と称される争闘は、徳川北条上杉三氏鼎立の状況下、徳川の翼下にあった真田昌幸が、沼田領を北条に引き渡すべしとの家康の命令を拒絶したことに起因し、天正十三年（閏《うるう》）八月、真田を討伐すべく徳川が七千の兵を上田に差し向けた合戦である。今江兼庵はこれを以下のごとくに総評する。

神川の合戦に就きては、真田昌幸の智謀神《しん》に入りて、機略縦横、寡兵を以て徳川勢を完膚無き迄に打ち負かし、昌幸、諸葛亮《しよかつりやう》の再来とも、曹操《さうさう》の後裔とも称せられぞかし。

真田昌幸の軍略は、次男信繁（幸村）の大坂の陣における奮戦とともに、後世の軍記講談などで大いにもて囃《はや》されたが、その一つの由来が『山巓集』の記述にあったと、興学社近世文庫の「解説」で高野譲氏は指摘している。計略を用い、上田城に寄せた徳川軍を二の丸まで誘い込んだ上で撃退した経緯は、松代藩真田家に伝わる『上田軍記』等にも詳しく描かれるが、今江兼庵もほぼ同色の物語をかたる。上田城からいったん退き、態勢の立て直しを図らんとする徳川軍に、砥石城から出た信幸が横槍を入れ、神川にて散々に打ち負かした。印地の衆の活躍が描かれるのはここである。

砥石城の信幸、徳川軍の退くと聞くや、神川へ打ち出し、待ち伏せむと企謀を巡らす。印地衆を呼びて、者ども陰に潜み、敵の川を渉るを見計らひ是を打てと命ず。

信幸が打てと命じたのは鉄砲ではなく、石である。印地の衆は、退却してきた徳川軍が神川を渡渉《としょう》しはじめると、投擲帯を使い物陰から石を投げた。

長槍を抱へし騎乗の士《さむらひ》、川の中ほどに差し掛かりしとき、喚《をめ》きあげて鞍より堕ち、沫《しぶき》散らし水に没す。何事なりやと、供の者駆け寄りしが、錏《しころ》の下より血おびただしく流れけり。飛矢も無く、鉄砲の音も鳴らずとならば、いかなる事にやと妖しく思《おぼ》ゆるほどに、石礫飛び来りて、さなりやと案じ見れば、錏の隙より入りたる石礫、鋲を打ちしが如くに尖て、頸《くび》の皮を破りたるを知りて肝を潰せり。

渡渉《としょう》する騎馬武者が水に落ち、供の者が駆け寄ると錏《しころ》の下から血が流れていた。錏とは兜《かぶと》から垂らして首筋を覆う防具である。どうしたことかと奇怪に思っていると、石が飛んできて事情が理解され、改めて見れば、錏の隙間から飛び込んだ石が首の皮を裂いていた。当時の実戦に使われた当世具足は堅牢ではあるものの、機動性確保の必要から、武者が動作すればどうしても隙は生じた。そこを印地衆は狙い撃った。小鉄片を編み重ねた錏で保護しても、隙間から飛び込んだ石が直接皮膚に衝《あ》たれば頸動脈を破ることもありえただろう。狙いを定めるには角のない丸石が具合がよいが、皮膚を切り裂くならば尖《かど》がある方が優り、この扱いの難しい石礫をごく小さな的に狙い当て得るところに印地の衆の妙技はあった。武者は次々と撃たれ、たとえ錣の隙間でなくとも、兜の面頰《めんぼお》に石が打ち当たればば、衝撃で騎馬武者は落ちた。徒歩《かち》の者も斃《たお》れた。箭《や》も飛ばず鉄砲も鳴らぬのに、ばたばたと将兵が斃れるのだから、その恐怖たるやどれほどのものであっただろうと今江兼庵はかたる。

兵らいたく畏れ、天狗の仕業也やと喚《をめ》きて肝潰し、ちり〲に逃げ惑ふ。其処《そこ》へ槍勢鬨《とき》をあげ打ち懸り、徳川の勢は総崩れとなれり。

祭礼の際などに投じられる印地は、しばしば天狗の仕業と考えられた。富士川の平家ではないが、退却中の軍勢に突然投げつけられた石礫が、怪異への恐怖を惹起《じゃっき》し、混乱に陥れることは十分にあり得ただろう。戦国の軍隊の、上下を問わぬ、将から雑兵に至るまでの迷信深さは、数々の史料から知られるところでもある。真田信幸の狙いはまさにそこにあり、印地の衆の妙技と相俟《あいま》って策戦はまんまと的中した。なかでとりわけ手柄のあった鳶太郎、兎二郎、巳三郎の三兄弟に信幸から銀子《ぎんす》が褒美に与えられた。
『山巓集』はかく記すのであるが、原史料である『日月誌』では、三兄弟の手柄は鉄砲手としてのそれであることが前提されているようにも見える。たしかに天正十三年の神川合戦の時点で、印地の衆は真田の鉄砲足軽であったと考えられ、『日月誌』が史実に即しているのだろう。とは云え印地の衆が鉄砲を抱く傍で、ときに石打ちの技芸を披露する機会を有し、それが人々の印象に深く刻まれたとしても不思議ではない。神川合戦で実際に印地が使われたかどうかはわからぬが、不意に音もなく飛来する石礫が惹起する魔術的な力、それが現出する場面は、『山巓集』に描かれた物語が真実味を帯びる程度には、あったと考えてよいのではないか。少なくともかれらが一貫して印地の衆と呼び習わされている事実が、そのことを証しているのではないだろうか。

五

『山巓集』は箕尾三兄弟が秀吉に召された際の逸話も記す。
天正十八年、二十万を超える豊臣勢は、北条方の支城を攻略しつつ小田原に迫った。十八番の包囲策戦を採り、小田原城を見下ろす石垣山に城を築いた秀吉が、妻女を呼び寄せ、箱根の温泉に浸かり、千利休に茶会を催させるなど、娯楽に興じたのは有名な話であるが、ほかにも碁打ちや猿楽師、曲芸師などが包囲戦の無聊《ぶりょう》を慰めた。

箕尾三兄弟が箱根山の陣中に召されたのも、秀吉という稀代の物好きのなせる業だっただろう。

鳶太郎、兎二郎、巳三郎の三兄弟は石垣山城本丸で関白秀吉に謁見した。平伏した三人に秀吉は気軽に声をかけ、音に聞く真田の鉄砲名人の腕前はいかばかりなるかと、まずは鉄砲技の披露を命じた。鉄砲術では雑賀と並び称された根来《ねごろ》の者が呼ばれて、これと競わせ、二町ばかり離れた松が枝に吊るされた木板を狙い撃たせた。このとき十数名からなる鉄砲隊が競技者らに砲筒を向けて待機したのは、秀吉に狙いがつけられることへの万が一の用心であった。全員が木板を撃ち抜き、三町に距離を伸ばして同じくしたところ、今度は巳三郎ひとりが当てた。見事なりと快哉を叫んだ秀吉は、三兄弟に金子《きんす》を与え、巳三郎にはさらに赤楽《あからく》茶碗を下賜《かし》して、我が郎党に加わるようにと命じた。ところが巳三郎の顔色が晴れない。

秀吉笑ひて、汝《なんじ》茶碗のあぢきなしと思ふにや、山賤《やまがつ》なればわりなし。こは長次郎なる名工に宗易が造らせし碗に他ならず。天下の数奇者こぞりて求むる垂涎《すいぜん》の品也といふに、巳三郎の顔色尚も霽《は》れず。

秀吉は笑いながら、お前は茶碗がみすぼらしいと思ったのだろう。賤しい山育ちでは仕方あるまいが、これは千利休が長次郎に造らせた、誰もが欲しがる逸品なのだと教えた。

この時代、茶の湯の流行にはいくぶん常軌を逸したものがあり、茶道具の名品珍品は一国の領地に匹敵する価値をときに持ち、恩賞代わりに茶器が与えられることもしばしばであった。千利休は茶の湯を芸術にまで高める一方、世人が手軽に愉しめるよう新たな茶道具を企画制作した。その代表格が長次郎の赤楽茶碗である。赤土に無色の釉《うわぐすり》を塗った素朴な碗は、利休の理想とした侘、枯といった精神を具現化するものであった。

秀吉の解説を聞いて、しかしなお巳三郎の顔は曇ったままである。ならばと、秀吉は手元にあった別の茶碗を木箱から取り出した。これは黒地に碧色《へきしょく》の紋様の浮かぶ、目にも鮮やかな天目《てんもく》茶碗であった。

関白秀吉の手にせし茶の碗、茶道具とはいひ状、神韻ふかく漲《みなぎ》り、集め揑《こ》ねられし千々の瑞光、黒釉の底より油然《いうぜん》溢れ出たるが如し。蓋《けだ》し曜変《えうへん》天目なるべし。傍《かたはら》に控ふる者共息を呑みて、卑き下郎に取らすには惜しと思《おぼ》ゆるに、巳三郎、是をも受けず。秀吉訝しみて、如何《いか》な故にかと問へば、巳三郎の応へて申すやう、飯汁ならば木地にて喰ひたしと。控ふる者共いたく恐れしが、秀吉、此者正銘の数奇者也やと笑ひて赦す。秀吉、心のうちにて、安堵したるは疑へず。

天目茶碗は宋元時代の茶人に珍重された鉄釉の陶碗であるが、なかで曜変は、福建省の建盞《けんさん》の産になる、黒い釉《ゆう》の肌に鮮やかな斑紋の浮かぶ最高級の品である。だが、これも巳三郎は受け取らなかった。なぜかと問われて、飯汁は木の椀で食いたいと答え、その無礼に一同は秀吉の勘気を恐れたが、この者は本物の数奇者かもしれぬと秀吉は笑って赦した。実のところ秀吉は内心ほっとしたに違いないと、筆者が注釈を入れているあたりは可笑しいところである。

このとき傍に「控ふる者」のなかには、秀吉の馬廻《うままわり》衆となっていた真田信繁もいた。信繁もこの一幕にははらはらさせられただろうが、事はこれで済まなかった。続いて秀吉は印地打ちの披露を所望し、李《すもも》の実を撃ち落として見せるよう命じたところ、平伏した鳶太郎が、印地打ちは見世物の曲芸ではござらぬ、飛ぶ鳥や走る獣ならばいくらも打って見せましょうが、動かぬ果実を打つことはできかねますと応じたから大変である。

吾らの業は人に媚ぶる曲にあらざる也。飛走せる禽獣ならば幾千万なりとも打ち殺し候へども、只枝に留まれる果の類ならば、手指にて取り集め候。

さすがに秀吉は顔色を変えたが、真田信繁が進み出て、この者らは長年山奥で猿同然に棲み暮らし、人の常識を知らぬ卑賤の者らであるから、ここは無礼の段をお許し願いたいととりなした。

印地の業とは、獣が獣を打つ業ならんと笑ひて、秀吉咎めなく、箕尾の者らを只に追ひ棄てたり。

以上が『山巓集』の描く、秀吉に召された箕尾三兄弟の逸話であるが、色濃い虚構の匂いが漂う事実は否定できない。とは云うものの、印地の衆の己が技芸への自恃《じじ》を賞する今江兼庵に共感しつつ、山の民であるヒノ根の者らに自らの生の伝統への誇りがあったことを改めて思うのである。

印地の衆の暮らしは山に直結していた。真田氏との縁を深めた後にも、かれらの多くはなお山岳地帯に暮らしていただろうし、真田の足軽となった者にしても、山との結びつきは保持しつづけたのだろう。そこにかれらの矜持の根はあった。印地の衆は戦国武士団の合理的組織に容易には吸収されなかったと考えられる。

地域による遅速はあれ、一般に武士を自生の土地から切り離すことで戦士組織の合理化は進んだ。有力大名は配下の将兵を城下に集住させた。時代の進展とともに、武士は土地との結びつきを失い、主君から扶持《ふち》を得る一種の給与生活者に近接した。秀吉の刀狩り令がこの方向を決定づけた。半農半武の在地の軍事勢力はほぼ一掃されたのであり、印地の衆もまたこの潮流に呑まれずにはいられなかった。真田氏配下の足軽となってなお山から離れぬ印地の衆は、傭兵軍の色彩を残していたが、これはもはや許されるものではなかった。組織に吸収されるか、軍事とは無縁の山の民にもどるか、どちらかの選択をかれらは迫られたのである。

六

天正十九年、天下統一を果たした太閤秀吉は、朝鮮出兵を企図し、全国の大名に「唐《から》入り」を号令する。真田昌幸は信幸とともに、肥前名護屋城に在陣した。このとき、真田氏から動員令を受けた印地の衆はこれを拒否した。足軽が領主の命に逆らうことなどは本来ありえない。ここからもかれらが純然たる足軽とは異なる傭兵軍の尻尾を残していたことがわかる。しかし真田はこれを許さなかった。

『真田氏関聯資料集』に含まれる文書には、天正十九年の冬、おそらく真田氏の肥前出軍の直前、真田家臣の久野石見守盛忠が「真田在根方ノ者　鳥井(居)峠ニテ討伐」の記述が見え、『日月誌』にも印地の衆の叛乱についての言及がある。

箕尾の印地衆、下知《げち》に従はず、叛《そむ》き、真田の将、是を討てり。四阿山《あずまやさん》の裾にて戦ひて、叛賊は被「誅《ちゅうせられ》、幻と成て山へ逃げ去れりといふ。

『日月誌』の印地の衆への言及は、この短い記事が最後である。「幻と成て」の表現の不思議さが目を惹くが、『山巓集』の今江兼庵も同様に感じたようで、叛乱を境に印地の衆は山森に消え、幻の民にもどったとする。

そも山人なるもの、里人にとりては幻同然のものなり。山より下りて里にあらはる印地衆、暫《しば》し武田真田の旗下にて鉄砲術を事とせしが、茲《ここ》に槍鉄砲を打ち捨て、山へ還りて、遂に幻の民となれりとぞ。日ノ根の者、振古《しんこ》に変はらず印地の技を鍛へ、子々孫々に伝へたるにや。幻なれば、知る由もなし。

深山に棲むヒノ根の者はそもそも里人にとっては幻のごとき存在であり、ほんの須臾《しゅゆ》の間、歴史の舞台の片隅に現れ、再び山の幻に戻っていったとする今江の叙述は、浪漫主義への傾きが過ぎようが、近世から近代、目まぐるしく移りゆく世相と関わることなく、山岳の懐深くに抱かれて、石打ちの技を伝え暮らす山の民の幻像は、ますます一元化の度を深めていく国家支配の下に生きざるを得ない我々の心を揺さぶるものがないだろうか。

幻となった印地の衆は歴史の舞台から去った。『山巓集』は、ひとつの後日談を置いて、その物語を閉じる。最後にこれを紹介しよう。

文禄三（一五九四）年春、太閤秀吉は吉野で花見を挙行した。徳川家康、前田利家、伊達政宗など錚々《そうそう》たる大名連をはじめ、配下の武将、京の公卿、茶人、商人など、総勢五千人が、花咲き乱れる吉野山に参集し、各々が仮装に工夫を凝らし、数日にわたって酒食を愉しみ、茶会や歌会、あるいは能会に興じた。はじめ三日は雨に祟られ、しかし四日目には霽《は》れて、雨滴に濡れた花の色が、蒼天に艶《あで》やかに映えた。

歯を鉄漿《かね》に染め、造り眉の貴人風出立ちの秀吉は、宿泊していた吉水院《よしみずいん》を出、美麗に装った供の者を引率《ひきつ》れ、千本桜、花園、ぬたの山と満開の桜を観じ歩き、大和中納言秀保の用意した茶屋に上がった。

黒き檜の木下蔭、茅葺《かやぶき》に柴垣巡らせたる茶屋、東の縁より深渓を望み、向かふ山の桜、きは〳〵しく美麗にして、佳景いふ方無し。大和中納言、室に墨蹟かけ、棚しつらへて、主人殿下より預かれる花入、茶入、茶碗等、秀吉自慢の茶器をあまた並べ、風流をつくしたり。何れも〳〵目止まらざる無き中にありて、殊更に際離《きはざかり》つる茶碗あり。かの曜変天目なり。

大和中納言秀保は秀吉の甥である。小瀬甫庵《おぜほあん》の『太閤記』にも、吉野花見の秀吉が大和中納言の「立たさせ給へる御茶屋」に立ち寄り、「饗膳など上がられ」たとの記述がある。もっとも『太閤記』の茶屋の場所はやや異なるようだが、『山巓集』で描かれる茶屋は渓に面して、向かいの山の桜が美しく、絶景であった。秀保は茶屋を墨蹟で飾り、秀吉から預かった茶器を陳列した。何れも目を惹かずには措かぬ名品揃いのなかで一際目立つ茶碗があり、これこそが件《くだん》の曜変天目であった。

秀吉、天目をとりて縁に立ち、日に翳《かざ》し検《けみ》す。実《まこと》に深き色なる哉《かな》、世の桜花を一所に凝り集めたるがごとしと、秀吉いたく嘆じたり。掌中の碗こそ嘗《かつ》て真田の山賤《やまがつ》に賜らんとせし品なることを秀吉はおぼゆるや。供奉《ぐぶ》の者らもこぞりて其いみじきを讃す。さるほどに大和中納言来りて、膳の整ひしを伝へし時、向かふ山の岨道《そはみち》に鈴懸《すずかけ》着たる修験の者現れたり。吉野山は古より修験の霊地なれば、あやしと思はず、あるは誰ぞの真似したるかと、みな笑ひし刹那――

茶碗を手にとった秀吉は縁側で日に翳《かざ》し、その美しさに改めて感心した。このとき天下人秀吉が、いま手にする茶碗が、かつて巳三郎に与えようとした品であることを思い出したかどうか、それはわからぬが、一同がその素晴らしさを口々に褒め讃えているところへ、食膳が整ったと秀保が伝えにきた。すると渓を挟んだ山道にひとりの山伏が現れた。吉野は修験道の霊地、格段の不思議はなく、あるいは誰かの仮装かもしれぬと一同が笑った瞬間であった。

秀吉の掌なる茶碗、形無く砕けたり。狼狽《うろた》ふて見れば、隅に石礫の転がりてあり。

秀吉の手にした茶碗が粉々に砕けた。慌てふためいて見れば、床に転がる石がひとつ、飛来した石礫が茶碗に打ちあたったのである。

何者の仕業かと供侍が慌てて探索したが、曲者の姿はどこにもない。そもそも秀吉が立つ縁先は、渓《たに》に面して、隠れ潜んで石を投げつけられるような場所はない。山伏の歩く渓向かいの山道ならば、茶屋の縁側を見通すことはできるが、三町も四町も離れている。全く以《もっ》て不思議であったが、じつのところ、石を撃ったのはこの山伏なのであった。山伏は箕尾巳三郎であったと今江兼庵は記す。

箕尾甚五郎、同鳶太郎同兎二郎、四阿山の戦にて死し、巳三郎一人遺りて山に暮したるが、修験の装束になりて吉野山に現れたるはあやしと、人思ふにやあらむ。さにはあらず。日ノ根の者、黒水晶磨きて刀造り、大峯山に納むるを祖業とせり。こは文武の頃よりはじまれりといふ。巳三郎、石刀を奉ずる役を担ひて吉野へ来たるに、たまさか太閤の曜変天目を抱へ立つを見たらむ。印地の衆目の良きこと鷹と競ふ。巳三郎、嘗《かっ》て太閤の嗤ひし獣の技、目にもの見せんとて、石礫を拾ひて飛ばしたるものなるか。

真田の討伐によって箕尾一族はうち滅ぼされ、三兄弟中一人残った巳三郎は山に棲み暮らしていた。その巳三郎がこのとき、山伏の姿で吉野に現れたのは奇妙だと思うかもしれぬが、そうではない。ヒノ根の者は、大峯山寺への石刀の奉納を文武天皇以来の業務としていたのであり、役目で吉野へ来ていた巳三郎は、渓向かいの茶屋で秀吉が曜変天目を手にして立つのを偶然見て、かつて秀吉が「獣が獣を打つ業」と嘲笑ったその業を見せてやろうと思いたち、石を拾って飛ばしたのだろう——という訳である。
しかし供の者らは、鉄砲ならいざ知らず、まさかそんな遠くから石礫が飛んでくるとは思わず、ただただ不思議に思うしかなかった。

天狗の仕業也《なり》。誰かはいふや、まことさなり、天狗也、天狗也とて供奉の者ら立ち騒ぐなか、太閤一人、さにあらずと宣《のたま》ふ。しからば何事なりやと人の問ふに、答へて曰く、こは印地の技ならん、実《まこと》に印地打ちこそ怖るべき哉《かな》、鉄砲に劣らず人を仕留むる技なりと。

天狗だ天狗だと人々が騒ぐなか、秀吉だけが印地打ちであると看破し、その技のもの凄さに青ざめた。しかしいったいどこから石を撃ったのだと人々が問うと、秀吉は渓の反対側を指差した。

さすかた見やれば、錫杖《しやくじやう》持てる修験の者、岨道に立ちてこなたを眺めたるが、つと背を向けるや、蜘蛛手《くもで》伸ぶる山桜の木下に歩み去れり。其時天より一陣の風吹き寄せて、あまた舞ひ散る花の闇に白き装束紛れ、風已《や》みしのち、はや影は消ゆ。印地の衆、花嵐の裡《うち》に春の幻となりて消えたりとぞ。

寶井《たからい》俊慶

一

漱石の『夢十夜』に仁王《におう》を彫る運慶の話がある。護国寺の山門で仕事をする運慶の鑿《のみ》使いの巧みさに見物人が感心していると、ひとりの男が、あれは鑿で眉や鼻を彫るのではない、あの通りの眉や鼻が木に埋まっているのをただ掘り出すだけなのだと云う。なるほどと思った「自分」は家で樫の薪を片端から彫って見るが、仁王を蔵《かく》しているものはひとつもなく、明治の木にはとうてい仁王は埋まっていないものと悟った――。

この第六夜の話は、明治の世には運慶のごとき大芸術家を生みだすべき精神がないと嘆ずる、近代批判の文脈で読み解かれたりもするけれど、着想の赴くまま言葉を連ねたと見える『夢十夜』に、夢判断のごとき象徴性を探るならまだしも、文明論的な意味を求めても詮があるまい。むしろ奔放かつ脈絡を欠いた夢の記述の体裁をとる文章に、具体的な先行テクストの反映を見るほうが、読みを立体化するにはいくぶんか有効に思える。木彫石彫とは木や石に埋まる像を掘り出すものであるとの発想を記したテクスト、それも運慶に関わる形で記したテクストは、漱石の同時代たしかに存した。

そもそも木に埋まる神像のイメージは、神木あるいは霊木の考え方に遡り、それほど奇突なものではない。古神道において、樹木は神々の座所である神籬《ひもろぎ》として信仰されたのであり、土着の神観と仏教が混淆する過程で、聖性を帯びた樹木に仏が宿ると考えられたのはむしろ自然であった。

造仏とは木に埋もれた仏を掘り出すことである。飛鳥時代にはじまる列島の仏像製作の歴史のなかで、このことを意識した仏師がどれほどいたかはわからぬが、造仏と信仰が結びつく限りにおいては、仏像は仏師が造るのではなく、人智を超えた力の発動によって生み出されるものであるとの感覚は普遍的であっただろう。仏師は近代的な意味における作家ではなかった。

列島における仏像製作の盛時が、慶派仏師の活動した院政期から鎌倉期であることを否定する者はないだろう。そこを頂点に造仏の精彩は下り坂をなし、江戸時代、寺請制度の下で寺が行政の末端機関となるなか、寺院数の増大とともに多数の仏像が造られはしたものの、仏道精神の衰弱と軌を一にして造仏は活力を失った。ことに十八世紀以降は、幕府の仏像規格の制限もあって、意匠の形骸化、定型化の趨勢は否定しがたい。

造仏と信仰は乖離し、仏師は他の手工業産品の職人と選ぶところがなくなった。幕末に仏師修業をはじめた高村光雲（一八五二〜一九三四）の『幕末維新懐古談』（岩波文庫、一九九五）を読むと、仏道への帰依や信仰の跡はほとんど見られず、明治政府による廃仏毀釈の大波に遭った際にも、海外貿易用の彫物の製作に向け、「仏臭を脱して写生的に新しくやってみたいものだ」とあっさり気持ちを切り替えている。

例外をなすのが円空と木喰《もくじき》であろう。江戸時代初期十七世紀に修験僧として活動した円空（一六三二〜九五）は、蝦夷地を含む列島各地を巡り、衆生の救済を願じて、何万体もの仏像を木彫した。中期の木喰五行（一七一八〜一八一〇）も同種の聖《ひじり》すなわち遊行僧であり、やはり蝦夷地から鹿児島までを廻国《かいこく》するなかで数多くの仏像を作《な》した。両者は官製の造仏の流れとは離れたところで仏像を彫り、だから一木造《いちぼくづく》りの彫像は素人臭いが、仏道への献身と衆生救済の使命感に支えられて、見る者の心を搏《う》つ力を宿す。大正期の柳宗悦による木喰再発見に見られるように、その個性横溢の木彫群は、高いデザイン性を有する工芸作品としても評価された。

しかし円空にしても木喰にしても、美術品を遺すべく木を彫ったのではない。造仏は徹頭徹尾宗教家たる営為の圏域内にあった。造仏は形をなす念仏であった。仏を秘め宿す木からそれを掘り出す感覚がかれらにあったかどうか、と云うならば、少なくとも霊木を選び求めて材とする発想は両者ともにない。廃材の板切れに彫像した円空の木端仏《こっぱぶつ》が典型であるが、どこにでもある木材に鉈《なた》や鑿がふるわれたことはまちがいない。しかし他方で、ことさらに霊木を求めるまでもなく、あらゆる自然物に仏が遍在するとの感覚があったとも想像できる。鑿をふるうにしたがい形をなす掌中の木材から、衆生救済の光輝の雫《しずく》が流れだす感触はおそらくあっただろう。逆にそれがなければ、辛苦を極める廻国の旅の途次に、あれほど夥《おびただ》しい数の仏像を作すことはできまいと思うからである。

運慶はどうであっただろうか。中世期、有力仏師は律令に定められた僧侶の官職である僧綱位を与えられた。運慶も建仁三（一二〇三）年の東大寺総供養に際して、最高位の法印を叙位されている。官位すなわち仏道への帰依の深さを示すものでは必ずしもないだろうが、運慶は仏像の製作とはべつに、法華経の書写を発願して、宗教者としての熱誠を示してもいる。もっとも中世人にとって仏教のもつ意味は、近代人とは位相を異にするのであり、たとえば信仰のような言葉でかれらの心情を捉えることはむずかしいだろう。文芸であれ美術であれ、どれだけ時空を隔てていようと、形の残るものへ私たちはかたりかけることができる。「作品」もまた問いかけに応えてくれる。しかしそれを作した者の胸間を知るのは容易ではない。源氏物語を書いた紫式部の、諸仏典をものした鎌倉仏教の宗主らの心根は、近世以降の作家や思想家のそれのようには想像しえないと云うべきだろう。

とまれ、木に埋まる仏を掘り出す感覚は、これを広義に捉えれば、円空や木喰と同様、運慶にもあったと考えてよいだろう。しかし狭義の意味で、すなわち文字通り、目の前の木材からそこに埋設された仏の像を掘り起こす感覚があったかどうか。そもそも運慶の名の付された彫刻のほとんどは寄木《よせぎ》造りであり、工房での協業で製作された。『夢十夜』の運慶は仁王を彫っているが、それが東大寺南大門金剛力士像と同規模のものであるならば、運慶がするのは寄木造りの一部分の製作であり、仏を丸ごと掘り出すべく鑿をふるっているのではない。小説の「自分」が仁王を彫り出せぬのは当然で、そもそも薪程度の材では仁王は埋まりたくても埋まりようがない。

仏を掘り出すと云うならば、やはり一木造りがふさわしい。あるいは自然木の形状をそのまま生かした立木仏《たちきぶつ》が、さらには根を張り葉を繁らせたままの樹木に直接彫像する生木仏こそが似つかわしいと云えるだろう。これは工房の複数の仏師らを指揮して、ときに丈六（一丈六尺＝約4・8米）を超える仏像を作した運慶の絵姿には合致しにくい。

ところがである。仏像を霊木から掘り出すことを運慶から教わったとする仏師が存在した。江戸中後期に活動した寳井《たからい》俊慶（？〜一八〇七）がそれである。

二

仏師・寳井俊慶は知られた存在ではない。他方で、寳井俊慶と聞いて、おやと思う人があるかもしれない。それは「寳井俊慶」が一部の好事家のあいだで、張型の代名詞としてかつて流通したからである。実際いくつかの性風俗を扱う資料で、「寳井俊慶」は性具の名称として紹介されている。近世以降の性風俗を通観した浩瀚《こうかん》な一書である、宮田俊一『江戸明治性風俗総覧』（霊峰出版、一九六三）によれば、天保年間（一八三〇〜四四）に深川平野町に見世を構えた小間物屋「岡島」で、「寳井俊慶」の銘の入った樫や黒檀の高級張型が売られ、これが評判となって、吉原をはじめ各所の遊里で、「寳井俊慶」が性具の呼び名となったという。しかし寳井俊慶その人については、「宋代中国の伝説的名工の名が由来らしい」と簡略に片付けられ、それ以上の探究はなされていない。他の性風俗関連の論《ろん》攷《こう》も同様で、寶井俊慶が仏師であるとしたものにしても、同様の記述が踏襲され、なかにははっきりと「架空の」の形容詞を付したものさえある。寶井俊慶の遺品がひとつもない以上、それも仕方がないのだろう。

仏師・寶井俊慶の存在が今日かろうじて伝えられるのは、亀山董斎《かめやまとうさい》（一八一六～九七）の筆になる紀伝のお陰である。亀山董斎は、相州藤沢の臨済宗光沢寺の住職で、晩年に尾崎紅葉らと交流を持ち、硯友《けんゆう》社の機関誌『我楽多《がらくた》文庫』に短文を寄せるなど、文芸に心を寄せた人物である。生前には自身が蒐集した御伽噺集をひとつ出版しただけであったが、没後に遺族が手文庫の文書を整理して、出版――と云うにはごく限られた部数であるけれど、冊子を作成して知人檀家に配布した。『俊慶』と表題を付された紀伝はそのなかに含まれていた。

亀山董斎もまた知られた人物ではなく、『俊慶』を発掘紹介したのは文芸研究者で批評家の井上啓太郎（一九二六～八八）である。井上は一九八〇年、奉職していた大学の研究紀要（『大阪明倫大学文化科学』Ⅳ7号）に『俊慶』の全文を解説を付して掲載した。井上は『俊慶』に対して、ポストモダニズムを先取りした一級の文芸作品との評価を与えている。なるほど『俊慶』は紀伝と単純には呼びにくい異色のテクストであるが、井上がそれを発見した経緯もなかなかにおもしろい。

井上は紀要で『俊慶』を紹介した直後、「謎の仏師・寶井俊慶」と題する随筆を文芸誌に寄稿しているのだが、それによれば、井上の実家も深谷市にある天台宗の寺で、本堂にかつて置かれていた釈迦如来像が寶井俊慶の作だったと云う。その仏像は享和年間（一八〇一～〇四）、本尊脇侍とも何者かによって燃やされ、現存しないのであるが、この仏像焼却事件はミステリとして井上の実家では代々かたり継がれてきた。後の廃仏毀釈につながる国学興隆の動向となにかしら関係があるのではないかと睨んだ井上は謎解きを志し、寶井俊慶について調べたところ、興味深い事実につきあたった。おなじ時期に寶井俊慶作の仏像の多くが毀《こわ》されていたのである。

多くが、と云っても、寶井俊慶の手になる仏像の数自体少なく、調べのついた範囲では三寺院九体にすぎぬのであるが、そのなかに藤沢の光沢寺も含まれていた。井上は光沢寺を訪れ、そこで亀山董斎の遺した『俊慶』を手にした。驚いたことには、亀山董斎もまた光沢寺にかつてあった寶井俊慶の作になる阿弥陀如来像が燃やされたことに不審を抱き、調べをはじめたところから紀伝を編むにいたったと判明した。奇しくも亀山は井上とおなじミステリを追っていたわけである。

ミステリはいかに解かれたのか。それはまた後にかたるとして、私が亀山、井上につづいて寶井俊慶に関心を抱いた経緯を先に述べておくならば、学生時代に柳田國男の『遠野物語』を読んで以来、日本民俗における怪異現象に興味を抱いてきた私は、いわゆる「神隠し」「天狗隠し」なる現象にとくに注目して、散漫ながら資料を蒐集していたところ、井上啓太郎とはまたべつの道筋から寶井俊慶の名前に行きあたったのが一昨年のことである。韮崎《にらさき》市にある私設の民俗資料館で閲覧した『甲斐国誌資料集成』（昭和十一年）所収の『巨摩山里古譚類抄』は、天保年間に書かれたものであるが、当地で起こった神隠しの事例が紹介されたなかに、「京の仏師の天狗と相知る事」との一文があって、その仏師と云うのが寶井俊慶なのであった。

私は寶井俊慶を調べてみた。ネット上に出てきたのは「張型の代名詞」ばかりで、人名辞典や仏像史の類にも名前はなく、やはり架空の存在なのだろうと考えていたところ、批評家の井上啓太郎氏がかつてこの謎の仏師について書いていたはずだと教えてくれる編集者があって、文芸誌に載った記事を送ってくれた。それが先に述べた随筆である。

『俊慶』を閲覧したいと願った私は、大阪明倫大学の図書館に連絡をとった。ところが、お探しのものはないかもしれないとの返事で、かもしれないとはずいぶんな挨拶だと思ったが、大学紀要のバックナンバーが保管されていないはずはないだろうと云うと、とりあえずは見当たらない、文化科学部に直接聞いてくれと云うので、過日私は大阪明倫大学まで足を運んだ。井上啓太郎の随筆には、光沢寺を訪れた際、『俊慶』の冊子と一緒に、執筆の基礎になったであろう資料——亀山董斎が渉猟蒐集した資料を譲り受けたと書かれていて、それらも目にできればと望んだ。

しかし井上氏が所属していた文芸研究科にも求める紀要は見当たらず、応対してくれた副手の女性は気の毒に思ったのか、井上啓太郎教授寄贈になる文庫が、自分は見たことはないが、書庫にあると聞いたことがあると教えてくれた。見たことがないと云うのも風聞じみて妙だが、案内された書庫——とは名ばかりの、廃品置き場のごとくに段ボールが乱雑に積まれただけの地下室で、舞い上がる埃に辟易しながら古書古紙の堆積を探れば、「光沢寺関連文書1978・1／20」と黒マジックで殴り書かれた大判封筒が見つかった。まさに掘り出したわけである。五十年近く前のことだと思えば、ほとんど奇跡に等しいが、なにより大阪明倫大学の整頓の悪さに感謝すべきだろう。紀要も後日見つかったというので、コピーを送っていただいた。

　そうして借り出した封筒からは、『俊慶』の冊子、寄進者らの依頼状、寺の記録等のほかに、寶井俊慶を直接知る人間への「聞き書」が出てきて目を惹いた。寶井の没年と亀山の生年は九年しかちがわない。生前の仏師を記憶して亀山に証言してくれる人間がいたのは不思議ではない。なかで「木太郎」なる者の談話が大分を占める。「木太郎」は一時期、寶井俊慶の弟子ないし従僕だった人物らしい。

　これら文書に目を通した私は、当初の関心とはべつに、寶井俊慶なる仏師に興味を抱いた。伝記は亀山董斎の書いたものがひとつある。けれども亀山は自身が集めた資料を必ずしも十全に活用しているとは云えず、井上啓太郎も指摘しているが、『俊慶』は評伝としては「文学臭」が強すぎるきらいがある。亀山董斎が尾崎紅葉や泉鏡花らと交流があったと考えれば、それも当然と云うべきなのだろう。

　以下、『俊慶』と井上啓太郎の「解説」を横目に、また必要に応じて引用しながら、亀山董斎の蒐集した資料に新たなものを加えて、寶井俊慶の像を自分なりに素描してみようと思う。

三

寶井俊慶、生れは一説に紀州田辺、生年不詳、出自は山賤《やまがつ》とも那智大社に下属せる神官の家とも伝ふ。南朝遺臣の後裔也と自ら称せり。寶井俊慶の名の世に現はれたるは、寛政三年辛亥《かのとい》、相州光沢寺の造仏が肇《はじめ》也。阿弥陀如来及び脇侍の普賢、文殊両菩薩を彫れり。

このように『俊慶』は書き出される。天明の飢饉の最中、藤沢近在の百姓町人らが光沢寺の仏像創建を発願し、鎌倉の聰持院《そうじいん》に付属する工房にこれを依頼した。その際のやり取りの書簡が遺り、「京より下れる仏師」である寶井俊慶が造仏を担当すると記されている。かれが当時聰持院において重きをなしていたことは疑えぬが、いかなる経緯で京から鎌倉へきたかを含め、寶井俊慶の修業時代についてはほとんどわからない。名からすれば慶派の流れを汲む者となるが、江戸時代に京七条に工房を構え勢力を張った慶派の遺流との関連は不明である。少なくとも幕末前後に作られた仏師系統図の類に名前は見えない。生誕地に近い高野山金剛峯寺《こんごうぶじ》不動堂の八大童子立像――運慶の傑作に感銘を受け、その名を用いるようになったのではあるまいかと亀山董斎は推測しているが、根拠のある話ではないようだ。それでも寶井俊慶が上方で修業したことは、「京より下れる仏師」の文言からしてほぼまちがいない。

聰持院に所属した寶井俊慶が光沢寺の造仏を任されたのは、かれが京で実績を積んでいたからだろう。亀山董斎は紀伝をものすにあたって、京都から紀州まで調査の足を延ばしたようだが、明治維新後の仏教界の混乱もあり、鎌倉以前の寶井俊慶の姿は捉えられなかったらしい。一方で藤沢光沢寺以後の足跡は比較的明瞭に追うことができる。寶井俊慶は武州深谷、駿河沼津で造仏に携わり、依頼のあった寺や近くの家に寝泊まりして仕事をした。この時代、仏像の新造には幕府の規制がかかって、彫像はいずれも三尺ほどの一木造りであった。寶井俊慶の製作品の評判は総じて高く、光沢寺の釈迦三尊像開眼法要の模様を亀山董斎は以下のように描いている。

須弥壇《しゅみだん》に据ゑられたる釈迦如来を仰ぎ見し人々、其の神々しき形にハタと撃たれ、魂消えして総毛の針立ちて、眼といはず口といはず鼻といはず、孔といふ孔の開きて閉ぢる能《あた》はず。如来は今しも天に向ひてフハリ飛翔するが如くにして、脇侍の観音も亦《また》、倶《とも》に天空を駆け行きたしとぞ見ゆる。

孔という孔が開いた、とは妙だが、須弥壇の釈迦如来も脇侍の観音も驚くほどに荘厳で、いまにも天空に飛び立つようであった。亀山菫斎の遺した「聞き書」には、破壊される以前の仏像を知る檀家の年寄りらが、こぞってその素晴らしさを讃してやまぬ様子が窺える。

それにしても、天部の神々ならともかく、浄土に鎮座ますべき如来がいまにも天駆けるようであるとの評価はあまり聞いたことがない。それだけ彫像がいきいきしていたということなのだろうが、動態的表現をひとつの特色とする運慶の影響をここに見ることができるとする亀山菫斎は、「飛翔するが如き釈迦如来」をぜひこの目で見たかったものだと嘆じている。ちなみに光沢寺の仏像はその後べつの仏師の手で再建され、亀山菫斎が住持で赴任したときにも拝まれていたが、これは「暗所に愚図と蹲《うづくま》りて、地中よりヌラリ生ふる泥茸《どろたけ》」かと思うようだと亀山は書いている。いくら自分の寺の仏像とはいえ、ここまで腐すのはどうなのだろうか。

仏師は光沢寺に近い百姓家の納屋で仕事をした。寶井俊慶は大力をもつ容貌魁偉《かいい》の巨漢で、興味津々作業場を覗いた大人も子供も、あれは鬼神ではないかと疑った。

俊慶は丈六尺を超え、米俵を隻手《せきしゅ》にて綿束のごとく持ち挙ぐる怪力の持ち主也。総髪の面《おもて》は、眉太く、鼻高く、唇赤く、双眼は炯《けい》と凝り光りて、乱髪鑿槌《のみつち》ふるふ姿は恐ろし気にて、山より下れる鬼神なりやと人は噂せりとぞ。

寶井俊慶の鬼神ぶりは仕事場にとどまらなかった。食事の世話は檀家の者らがしたが、寶井俊慶は大食漢であり、また大飲家であった。晩毎に斗酒《としゅ》を求め、大盃の酒を「溝口にスリ、落ち流るゝ雨水の如く」喉へ流し込んだ。酒食の支度に近在の者らは苦労した。近隣の酒屋の樽は空になった。寶井俊慶は女色の面でも豪の者であった。藤沢宿や戸塚宿の飯盛女が雇われて伽《とぎ》をした。寶井俊慶と密かに通じる娘や女房もあった。近在には寶井俊慶の胤《たね》と見られる子供が少なくとも三人はあったと云うから尋常ではない。いろいろな意味で光沢寺の造仏は人々にとって事件であった。

それが寛政四（一七九二）年のこと。つづく数年のあいだに、寶井俊慶はいくつかの寺で仕事をし、沼津の広陵院で薬師如来を作したのが寛政九（一七九七）年。この間は鎌倉聰持院に所属する形で仕事の依頼を受けていたと考えられる。造仏の腕にはいよいよ磨きがかかって、評判は総じて高かった。私生活にやや乱脈なところはあったものの、彫技への熱意は猛烈であり、絶えず工夫を重ねながら一心不乱に仕事に集中する姿が「聞き書」証言には残る。

遺作がひとつもないが故に、いまとなっては評価の下しようがないとしながらも、寶井俊慶は仏像製作の衰退期に忽然として出現した、涸《か》れ沢からふいに湧き出た渓流のごとき天才――少なくとも鬼才と呼ぶにふさわしい仏師であったと亀山董斎はしている。

しかし、ある事件をきっかけに、寶井俊慶は聰持院を離れ、やがて身延《みのぶ》山麓に住み着くようになる。鎌倉を去って以降は、少なくとも公の場での活動は見られない。つまり京より下れる寶井俊慶が仏師であったのは五、六年ほどであったことになる。さらに云うならば、その作になる仏像が毀されたのが享和一、二年頃であるから、寶井俊慶の作像がこの世にあったのは長くても十年ほどの時間にすぎなかった。忘れられるのは当然と云えるだろう。

寶井俊慶が身延山に居を定めたのは、文化元（一八〇四）年頃とみられる。つまり沼津での仕事を終えてから数年の空白があるわけだが、この間どうしていたのか、と云うならば、夜盗の群に身を投じていたらしい。

何故《なにゆえ》にそうなったのか。きっかけとなった事件は、沼津につづいて造仏を引き受けた総州木更津《きさらづ》の香蓮寺《こうれんじ》で起こった。

四

香蓮寺は大正末に廃寺となり現在はない。香蓮寺がかつて地元で呪われた寺と呼ばれ、衰滅にいたったのは、代々の住職が醜聞の的となったり、狂死したりしたからであるが、寶井俊慶が造仏の依頼を受けて赴いた当時は、檀家の数も多く、紫陽花の名所として賑わいを見せていた。

寶井俊慶は揉め事を起こしながらも、寺堂で仕事を進め、本尊の阿弥陀如来をまずは彫り終えたところで、檀家総代や寺僧らに披露した。見た者は誰もその素晴らしさにうたれたと『俊慶』は描く。

板土間に置かれたる阿弥陀仏、うす暗き堂宇に在りて、内より絢爛の光輝を放つやうなりて、僧ら声無く息を呑み、やがて讃嘆の辞、溢るゝ泉水の如く口々より漏れ出たり。

阿弥陀仏はさながら光を放つようであり、一度は息を呑んだ寺僧らがすぐに口々に賛辞を述べた。と、それらの人々のなかに一人の聖《ひじり》があった。

諸国を行脚し木喰《もくじき》の修行せる聖の、香蓮寺にたまさか滞在するものなり。

木喰とは、米穀を断ち木の実や草だけを食する修行のことである。ここに登場する木喰行の僧は、時代こそ重なってはいるものの、先に紹介した木喰五行とは別人である。木喰の聖が寶井俊慶に問いかけた。

——此の像は何人《なんびと》の彫せるものなりや。

——乃公《だいこう》なり。

――裳裾《もすそ》の翩翻《へんぽん》として、いましも遊歩するかに見ゆるは、げにいみじき工巧技藝なるかな。然して此は何か。

――何とは胡乱《うろん》なる言問ひと申せざるべからず。見ての通り、阿弥陀仏にほかならじ。

――此は阿弥陀仏ではあるまじ。そも仏にあらず。

――仏でなければ、何なりや。

――木塊なり。生けるにあらず。


この仏像は誰が作ったのかと遊行の聖は問い、寶井俊慶が自分だと答えると、その工技は賞賛しながら、しかしこれは仏ではなく、ただの木の塊にすぎないと聖は云い放った。工芸品としては素晴らしいが、生命を欠くと云うのが聖の主張であり、両者のやりとりはこの後もつづいて、このあたり『俊慶』はかなり小説ふうである。井上啓太郎はそこを評価しているが、私にはやや冗長に思える。

寶井俊慶は反論した。生きていないと云うが、いまにも歩き出しそうだと御坊は云ったではないかと難じ、すると聖は、かりに動いたにしても、祭事を賑やかすからくり人形のごときものにすぎないと応じて、逆に貴公はどのようにしてこれを彫ったのかと質問した。寶井俊慶は、鑿と槌で以《もっ》てと答え、ここで聖は注目すべき問いを口にする。

——彫りたる物の象《かたち》はそも何処《いづく》にありや。

——我が肚《はら》にあり。

——甚だしき心得違ひなり。木石に埋もるゝ仏を掘り起すが仏師の業ならざるや。

ここに木石から仏像を掘り出すとの観念が登場するわけだが、亀山董斎はつづいて、美術製作における作家の内なる概念と外在する対象との弁証法的関係、とでもまとめられるような美学的思弁を展開している。これは冗長なのでいまは紹介はしないが、問題は次の聖の台詞である。

——運慶の仏を見よ。運慶は木像を造るにあらず。木に埋もるゝ仏を掘り起こせしもの也。人の肚より出たる仏像抔《など》は、いかに美麗なりと雖《いへど》も、所詮は木塊にほかならずと断ぜざるべからず。

仏を木から掘り出す運慶のことがここに明瞭に記されているのだ。しかもこの話は物語の後半にも登場し、反復して強調される。漱石が『俊慶』を読んだ可能性はまずないが、明治文壇と交際のあった僧侶作家の書いた文章の一説が、英学教師から専業作家に転身した男の耳に間接に届いた可能性はないとは云えぬであろう。

聖の言葉に寶井俊慶は再び反撃した。

――御坊は吾が作せる阿弥陀仏を打ち毀し給ふべきや。木塊ならば、薪を割るが如くに断ち割るは、容易《たやす》き仕業なるべし。

いひて俊慶、手にしたる鉈を聖に押し渡したり。

この阿弥陀如来をただの木塊と云うならば、あなたは薪を割るように叩き割ることができるはずだ。そう云って仏師は聖に迫り、鉈を押しつけた。寶井俊慶は己の技倆に自信があり、その放つ霊威が木像を傷つけることを許すはずはないと考えたわけである。果たして聖はどうしたか。

鉈を手にせし聖《ひじり》、恰も厠《かはや》へ立つ人のごとくに歩みて、雲台の阿弥陀如来の御前にツト立てるかと思ふや、鉈さしあげ、よどみなく振り下しにけり。枯枝と見紛ふ痩せ腕に似合はぬ剛力なり。鉈の鋭刃は如来の首を縦に割り裂き、胸の半ばにとどまりぬ。

聖は厠へ立つ人のように彫仏に近づくと、躊躇《ためら》うことなく鉈を振り下ろし、阿弥陀如来は胸のところまで二つに割れた。堂宇の板敷に立ち、破風《はふ》の隙間から差し入る光を受けた仏師の顔にはこのとき、痴呆になったかのような笑みが浮かんでいたと『俊慶』では描写される。誰しもが雷に撃たれたかのように硬直し、棒立ちになるなか、堂の梁《はり》に巣をなす鳥がするどい啼《な》き声を発し羽撃《はばた》いた瞬間であった。

俊慶、鉈を奪ふや、聖の金柑頭に打ちつけぬ。鉢を割られたる聖、あめきを挙げ、蜘蛛手に空を摑んで息絶えたり。俊慶、ダ、ツとの勢ひもて堂宇より駆け去りて、爾《じ》後《ご》、吏人の探索の手を逃れ、杳然《ようぜん》行方知れずとなりにけり。

寶井俊慶は木喰の聖を鉈で打殺し、そのまま逃げて姿をくらました。そしてまもなく夜盗の群に身を投じた——と、わかるのは、「木太郎」の証言故である。亀山董斎が談話を聞き書いた「木太郎」は、もともと香蓮寺の寺奴で、仕事をする仏師の世話をしていたが、寶井俊慶の後を追って出奔し、行動を共にするようになったらしい。香蓮寺以降は、おもに「木太郎」の口述を基に亀山董斎は紀伝を構成している。

もうしばらく『俊慶』および「木太郎」の口述にしたがって寶井俊慶の姿を追ってみよう。

五

鎌倉聰持院の仏師の列から寶井俊慶の名が消されたのは、おそらく聖《ひじり》殺しの科《とが》故であり、後の仏師系図の類に名前の見えぬ理由もそれであろう。お尋ね者となった寶井俊慶は、僧形に姿を変え、托鉢しながら流浪し、やがて上州松井田《まついだ》近在に巣食う盗賊団の仲間となった。盗賊の頭目は、後に捕縛され獄門にかかった蟬谷の権左なる者で、一味は妙義山中に棲んで、近在から遠く相州《そうしゅう》常州《じょうしゅう》までをも荒らし回った。寶井俊慶は天地坊と名乗り、相撲取りあがりの者を投げ飛ばすなど、膂力《りょりょく》の点で一目置かれていた。

権左一味は街道を往来する旅人や百姓町家を襲う一方で、僧侶寺院は仏罰を恐れて避けていたが、天地坊が仏罰などありえぬことは乃公《だいこう》が請け合うと云い、寺から掠《かす》めることを勧めた。一味は瓔珞《ようらく》やら天蓋《てんがい》やらの荘厳具《しょうごんぐ》を盗み出し、銭や米に替えた。略取の際、天地坊こと寶井俊慶は須弥壇《しゅみだん》の仏像に鉈をふるい、必ずこれを割り毀した。どうしてそんなことをするのかと仲間から問われて、薪にする手間を省いてやるのだと僧形の男は嘯《うそぶ》いた。

実際にも寶井俊慶は仏像を薪にした。権左一味に加わった後も、ときに寶井俊慶は木太郎を連れて遊行の旅に出、いく先々の寺に忍び入っては仏像を盗み出し、これを燃やして暖をとり、煮炊きをした。

あるとき、奪い獲った三尊像の、二体を寶井俊慶が双肩に、一体を木太郎が背に負って河原まで運んだ。いつもなら直ちに薪にするところを、寶井俊慶は三体を置き並べて、焚き火明かりで凝視している。どうかしたのかと問うた木太郎へ僧形の盗賊は、「此《こ》は吾が彫せし仏なり」と答えた。そうして云った。

――かの遊行の聖《ひじり》の云ふやう、おほかたの仏は木塊に他ならず。吾が彫せし仏とてもけだし薪と選むところはなからん。然れども人に欲目あり。吾は己が彫せる仏を贔屓《ひいき》して、薪ならざる物とぞ思はざるや。

あの木喰の聖が云ったように、大概の仏像は薪と変わらず、自分の作った仏とても同様だろう。しかし人には欲目がある。自分は自分の作像を贔屓して薪とは見ないのではあるまいか。そのように云った寶井俊慶は岩に坐して仏像を見つめ、やがて立ち上がった。

聖の言は真《まこと》なり。さう呟くや、俊慶仏を摑みて、火に焚《く》べたり。

これがすなわち仏像焼却事件の真相であった。藤沢の光沢寺の仏像を盗み出して焼かなかったかと木太郎に繰り返し尋問して、亀山董斎が右の出来事を引き出した様子が「聞き書」からは読み取れる。ただし木太郎は具体的な地名、寺院名を云えなかった。だからか右の場面で亀山董斎は場所を特定していないが、光沢寺のそれをはじめ、俊慶は自作の仏像を似たような形ですべて焼いたのだろうと結論している。

しかしなぜ寶井俊慶はそうしたのか？　その意味合いを亀山董斎は論評していない。他方、井上啓太郎は、寶井俊慶が無頼の盗人となりながらも、木喰の聖の評言にこだわり、己が造仏の技芸と美への探究心を失っていなかった証拠として、このエピソードに触れている。

寶井俊慶が自作の仏像を悉《ことごと》く焼いたのだとすれば、それは確かめるためであっただろう。何を確かめるのか？　仏像が薪と変わらぬ物にすぎぬ事実をである。木喰の聖の言葉は彼の魂に深く突き刺さっていた。逆に言うならば、果たして仏像はただの木塊以上の何物かでありうるのか。これが彼の終生の問いとなったことは疑えないのである。（井上啓太郎「『俊慶』解説」）

そうして数年経った頃のことである。寶井俊慶は権左一味とともに、とある山寺に押し入った。庫裡《くり》の住職や寺男らを縛りあげた後、本堂に踏み込んで略奪に及んだ。香の薫る暗中、寶井俊慶は須弥壇の前に立ち、燈明の灯に照らされた仏像を見つめ、またいつものように鉈で叩き毀すのだろうと木太郎――『俊慶』では「従者《ずさ》」として登場する――が見ていると、どうも様子がおかしい。

墨染の衣着たる俊慶、鉈持つ手をブル〳〵震はせ、是を取り落とせると思ふや、如来に向かひてヒタと平伏す。何事ぞと見ゆれば、ハラ〳〵と涙を零したり。如何なる事にやと訝り問ふに、俊慶の応へて曰く、此は月並みの仏にあらず、まさしく運慶の造像にほかならず。

寶井俊慶は鉈を取り落として躰を震わせ、仏像に向かって泣きながら平伏した。どうしたのかと訊けば、これは運慶の作だと答えた。運慶では毀《こわ》せぬのかとの問いに俊慶は云った。自分は仏師であるから、仏像が木偶《でく》と変わらぬ作り物であることをよく知っている。どれほど森厳なる神韻を纏《まと》い放つようであっても、所詮は木塊にすぎぬのはわかっている。そもそも自分は仏道に思いがなく、菩提心も浄土への憧憬もなく、仏への尊崇《そんすう》などは欠片《かけら》もない人間である。

かゝるがゆゑに、吾にとりては仏も薪も選むところは無し。吾に割り毀せぬ仏像のあらざるを信じ、是迄割り毀したりき。然るに此の大日如来ばかりは打つ事不能《あたはず》。恰

も内より漏れ溢れし威光の、固き鎧を成すが如くして、かの木喰の聖とても打つ
不能《あたはざる》べし。

信心のない自分にとっては仏も薪も区別はない。だからどんな仏像も破壊するに躊躇なく、事実これまでさんざん打ち割ってきた。ところが、この大日如来は、内部から力が溢れ鎧を成すかのようで、鉈を打ち下ろすことができない。たとえあの木喰の聖でも打つことはできぬであろう。

しかしそれは何故か。どうして自分はこの彫像を打ち毀すことができぬのか。つづいて自問した寳井俊慶は、「運慶の工技の成せる霊威のほかにあるまじ」と結論した。とは云え、技の実体が摑めぬ以上、何もわからぬのと同然であった。蹌踉《そうろう》として寺堂を出た寳井俊慶は、そのまま夜盗の群から離れて、身延山に棲みついたと、『俊慶』では物語られるのだけれど、ここで亀山董斎は、寳井俊慶を打ちのめした運慶の彫像の所在を調べた経緯を挿入している。

荘厳具は奪われても、仏像本体が毀されなかった以上、それはいまもあるはずである。木太郎は運慶のあった寺がどこであるかを云えなかった。それでも俊慶が大日如来と云っ

たそれが三尺ほどの坐像であったことは覚えていた。亀山董斎は関東一円の寺に書簡で問い合わせ、ときに自ら出向いてみたが、当該のものは発見できなかった。フェノロサや岡倉天心らの活動によって、文化財の観点から仏像の再評価が進む以前のことである。廃仏毀釈の余燼《よじん》のなかで調査は容易には進まなかったようだ。

運慶作になる三尺ほどの大日如来坐像と云うなら、奈良の忍辱山円成寺《にんにくせんえんじょうじ》に一体あることが今日わかっている。しかし夜盗一味の活動範囲からして、これは寶井俊慶の見た仏像ではありえない。今後、運慶の作が新たに発見されぬとは云えぬが、寶井俊慶を震撼させた大日如来像は廃棄された可能性が高いだろうと、『俊慶』の「解説」で述べる井上啓太郎は、のちに国宝とされたような仏像が、金箔めあてに二束三文で売られ、焼かれかかった事例を挙げたうえで、幕末から明治期において、仏像の持つ霊力はすでに失われ、廃仏を押しとどめるものがあったとすれば、美に対する畏敬しかなかったと論じる。

仏像それ自体は、作中の木喰の聖や俊慶が言うように、木や石や泥や銅の塊にすぎない。それが霊力を放つのは、衆生の信仰心を反射するからであるが、仏像を見せる「演出」にも由来はあった。わずかな灯火しかない暗所に置かれることで、深奥の霊的雰囲気をまとう仏像の、やんごとなき性格が醸成された。その究極は秘仏であろう。見えぬことがその霊性を保証した。白々した昼光の下に持ち出されてなお霊力を放つ仏像はそう多くはなかっただろう。つまりそれほどの美を具現した作品は少数であり、寶井俊慶の見た大日如来はそのひとつであったはずだが、芸術の美は、歴史のなかで、具眼の鑑賞者によって見いだされなければ存在し得ないこともまた一つの真理である。岡倉天心らによって美術品としての価値が発見される以前、廃仏毀釈の嵐の直下で、運慶に限らず、白日に晒されたいくつもの名品が、美の発見者を得る幸運に恵まれぬまま破壊されたのである。（井上啓太郎「『俊慶』解説」）

盗みに入った寺で、須弥壇の仏像を一目で運慶の作であると看取した寶井俊慶は、そうした美の発見者であり、かつ創造者だったのであり、その意味で、近代的な芸術思想の圏域にある者であったとしてよいだろうと井上啓太郎は結論している。

六

夜盗の群から離れた寶井俊慶は身延山麓の荒れ寺に棲みついた。修験者や山賤《やまがつ》らがときおり利用するだけの、無住の廃屋を僅かに補修して雨つゆをしのいだ。ここにも木太郎はつきしたがい、さまざまに用を足した。寶井俊慶はそこで再び鑿を手にし、一心不乱に木彫に取り組んだと、亀山董斎は物語を進めるのであるが、具体的な暮らしの有様についてはは文中でほとんど触れていない。しかし「聞き書」には、木太郎が沢蟹や岩魚を漁り、野鳥を捕らえ、野草や木の実を集めるほか、里で念仏の真似事をして雑穀を乞うなどして暮らしを支えた様子が窺える。どうして木太郎がそこまでの献身ぶりを示したのかは判然としないが、井上啓太郎は両者のあいだに衆道の関係があったのだろうと推測している。

木太郎は寶井俊慶に習ったか、あるいは見よう見真似か、自分でも木彫の小鳥や亀など造って売るようになった。「寶井俊慶」の銘のある張型について、これを作製したのは木太郎ではないかと井上啓太郎は推理し、身延山から下りた後も木太郎は張型製作をつづけ、深川の「岡島」に卸していたのだろうとしている。一方で亀山董斎は、知らなかったのか、知って無視したのか、張型については、『俊慶』ではもちろん、木太郎への「聞き書」でも一切触れていない。

これも『俊慶』には書かれていないが、明治九年に亀山董斎が木更津の香蓮寺に調査に赴いたとき、木太郎は寺にもどっていたらしい。かれが寳井俊慶の後を追って寺から出奔したのが十五歳前後としても、このとき木太郎は九十歳を超えていた計算になる。長寿の者は当時もあったから、ことさら不思議ではないが、いかなる経緯で木太郎が香蓮寺に舞いもどり、またどのような立場で寺にあったのか、「聞き書」には記述がなく、井上啓太郎もわからないとしている。

いずれにしても寳井俊慶の足跡を追う亀山董斎は、香蓮寺で木太郎に出会い、談話を採録した。睫毛が山羊のそれに似て長い、胸まで届く白鬚《しろひげ》の年寄りの記憶は非常にはっきりしていたと亀山は記している。

身延山での寳井俊慶は、木太郎に手伝わせ、山から材を伐《き》り出してきては、日がな一日傾いた寺堂で鑿をふるった。「聞き書」は難読であるが、わかる範囲で引用してみる。

問ふ。俊慶は何を彫れるや。

木太郎曰く、仏を彫れる也。

問ふ。仏の状はいかに。

木太郎曰く、阿弥陀如来、観音菩薩也。みやうわう、ぢざうも彫れり。馬、竜を彫る事もあり。

問ふ。寸はいかに。

木太郎曰く、さま〴〵あり。三寸もあれば、五尺をこゆるもあり。用材の嵩にしたがふと見ゆる。

問ふ。造れる仏はいかにしたるぞ。

木太郎曰く、割りさきて薪にしたり。

問ふ。何ゆゑにか。

木太郎曰く、知らず。

問ふ。俊慶の顔色はいかに。怒れるか、悲しむか、はたまた笑ひて其を為すか。

木太郎曰く、常と変はらず。薪を積むべく仏を彫るとも見ゆぞかし。

寶井俊慶は如来をはじめさまざまなものを彫っては、出来あがるそばから割り毀し、はじめから薪にするべく仏像を彫るかのようだったと木太郎はかたる。亀山董斎はここから、運慶の作品に震撼した俊慶が、新たに意欲を燃やして彫像に取り組んだものの、満足のいく出来栄えにならずに破壊したとして、求道的な芸術家の像において仏師を描いている。たしかに身延山に隠棲した寳井俊慶が注文に応じて造像をした様子はない。職人的な木彫師とは異なり、はたまた宗教的情熱に発するのでもない、井上啓太郎云うところの、内発的な美の探究へと向かう近代的芸術家の肖像をここに認めることは、なるほどできなくもないだろう。

寳井俊慶はときに独りで山へ入ることもあった。そうしてもどれば、また黙々と「薪作り」に励んだ。生活は一貫して木太郎が支えた。廃寺にはまれに訪れる者があった。たいがいは修験者や山賤であったが、あるとき、ひとりの僧が訪れてき、寳井俊慶と連れ立ち山へ入ったきり何日ももどらなかった――と、ここから『俊慶』はいきなり幻想小説ふうの展開を見せるのであるが、その前提となる木太郎の談話が「聞き書」に残るので、先に紹介しよう。

山から帰った寳井俊慶に、どこで何をしていたのかと木太郎は問うた。すると「ホウライ」へ行っていたとの答えが返ってきた。ホウライは漢字では蓬萊、『山海経』などにも登場する唐土の仙境である。

問ふ。如何にしてホウライ迄旅せるか。俊慶は何と云ひしか。
木太郎曰く、ひじりの衣を摑みて、海を飛べりと。
問ふ。ひじりとは何者なるや。天狗、狐狸の類なるか。
木太郎曰く、知らず。師の寺にて打殺せるひじりに似たり。
問ふ。香蓮寺にゐたるひじりのことなるや。
木太郎曰く、是。
問ふ。ホウライにて俊慶は何をしたるや。
木太郎曰く、仏を彫る業を運慶より習ひしとぞ。
問ふ。何とて運慶のホウライに在りしや。
木太郎曰く、ホウライに仏師の蛙子《かへるご》の如くに集まれる霊場ありて、修業を為せりとぞ。
問ふ。俊慶はホウライにて修業したるか。
木太郎曰く、是。

問ふ。俊慶は汝に戯言をいひしと思ふや。
木太郎曰く、知らず。

どうやって蓬萊まで行ったのかと訊くと、聖の衣に摑まり海上を飛んだと俊慶は答えた。聖は天狗か狐狸の類だろうかとの問いに、かつて木更津の香蓮寺で俊慶が打殺した木喰の聖に似ていたと木太郎が答えているのが不思議だが、それ以上に興味深いのは、蓬萊に仏師がおたまじゃくしのごとくに集合する霊場があって、運慶から教えを受けたと俊慶が述べた点である。「戯言をいひしと思ふや」と問う亀山董斎は、当然ながらこの話を本気にはしていない。しかし『俊慶』では、これを根に据えて、鏡花ばりの幻想の樹葉を繁らせるのである。

七

梅花咲き匂ふ時節、草を踏みて朽ち寺堂を訪ふ聖《ひじり》あり。見れば、総州香蓮寺にて打殺せし木喰の聖也。俊慶驚きて、御坊の生きて在りしかと問へば、聖のいふやう、我はもとより霊界に在る身、死なず生きず。然して爾《なんぢ》知るや、唐土の蓬萊山に仏師の集ふ龕駄羅《がんだら》なる霊場ありて、正銘の仏師と成るべき道を求むる工人にして、龕駄羅の門を潜らざる者のあらざるを。

梅の咲く季節に、荒れ寺をひとりの聖が訪れた。それはかつて木更津の香蓮寺で俊慶が打殺した木喰の聖であった。生きていたのかと驚き問えば、自分は霊界に住む者であって、生死を超えている、それよりおまえは蓬萊山に仏師が集い研鑽する龕駄羅と云う霊場があるのを知っているか、真の仏師たらんと希《ねが》う彫師はみなそこで修業するのだと聖は云った——と物語は展開するのであるが、一読、評伝の軌道からは大幅に外れた虚構の色彩は濃い。龕駄羅はガンダーラであろうが、ふつうは健駄羅と漢字表記されるようだから、この当て字の選択も作者の虚構への傾斜を示すものと云ってよいだろう。

木喰の聖は龕駄羅へ案内してやってもよいと云い、俊慶は聖の衣に摑まって蓬萊山まで飛んだ。

龕駄羅は蓬萊山の西麓にあり。垂水《たるみ》落つる渓奥に、素袍《すほう》着たる仏師ら数多《あまた》ありて、各〻鑿槌ふるひたり。彫刻の響、いと高く交はりて、恰《あたか》も管弦のいみじき調《しらべ》を成すが如し。天竺、唐土より来れる仏師にたち混じりて、本朝仏師の姿もありて、一心に修業に励みたり。運慶はゐ給へるかと問へば、聖案内せり。

　蓬莱山の西麓にある龕駄羅では、滝のある渓に仏師が大勢いて、それぞれに作業する鑿《のみ》槌《つち》の響きがさながら妙なる音楽のようであった。天竺、唐土の仏師に混じって日本の仏師の姿もあり、俊慶の求めに応えて、運慶の居所へ聖は案内した。

　烏帽子載せ浅葱《あさぎ》の素袍《すほう》着たる運慶、菩提樹の下に編みたる廬《いほ》にありて、脇息に寄りて酒を呑めり。俊慶、枝折戸《しほりど》の外より呼びて、彫技を教へ給へと請へば、運慶諾して招じ入れ、共に呑まんと誘ふ。土器《かはらけ》に注《さ》されし甜酒《たむさけ》を呑み、造仏の要を問へば、運慶の答へて曰く、何は扨《さて》、仏の埋れる木を探すべし。

　仏師の正装の運慶は、菩提樹の下に廬《いおり》を結び、寛《くつろ》いで酒を飲んでいた。俊慶は声をかけ、彫技の伝授を請えば、頷いた運慶は一緒に飲もうと誘い、造仏の要諦を訊いたのへは、何より仏の埋まった木を探せと教えた。これはかつて木喰の聖が「運慶は木像を造るにあらず。木に埋もるゝ仏を掘り起こせしもの也」と云ったことそのままであった。ならば仏を蔵した木はいかにして探せばよいのか。次に問うと、自ずと目に映るのであると運慶は云い、俊慶を森へ連れ出した。

> 蓬萊に深き森あり。幽き陰なす樫、松柏、桂、居並ぶ木々を運慶指していふやう、大樹には嵩《かさ》の大いなる、小樹には小さき仏の埋もれてありと。俊慶は見えず。尚深く森に分け入て探せども、仏を蔵せる木は悉皆《しっかい》あらざるなり。

運慶は蓬萊の森で木々を指し、大小の仏が埋もれていると云ったが、俊慶には見えなかった。俊慶はさらに森の奥へ分け入って探したが、全然見つからない。「吾に造仏の才を欠くが故なるや」と俊慶は嘆き、あるいは「運慶の酔《ゑ》ひて吾を弄ぜしか」と疑い、木喰の聖に相談すると、聖は「心眼にて見よ。俗心を捨て、心裏を空になして見るべし」と云い、座禅の瞑想法と呼吸法を教えた——と、このあたり、亀山董斎が臨済宗の僧侶であったことを思うと、微笑ましくも感じられるが、感想や注釈はまずは措いて、『俊慶』の物語を追えば、俊慶は教えられたとおり、龕駄羅に廬《いお》を結び、禅の修行をはじめた。

草廬《そうろ》にて朝夕結跏趺坐《けっかふざ》して修行したり。十年座禅したる後、印を結びて瞑じたる俊慶の肩に小禽《とり》の休みて巣を成すに到りて、つひに大悟して心眼を貫じぬ。俊慶嬉しく思ひて、聖の衣に摑りて空を飛び、身延へ帰りきたれば、旬日を経たるにすぎぬが奇《あ》異《や》し。

毎日座禅を組んで十年間修行し、肩に小鳥が巣を作るほどになったある日、とうとう悟りを得て心眼を瞠《みひら》き、再び聖の衣を摑んで空を飛び、身延山にもどってみれば、ほんの数日しか経っていないのが不思議であった。それから俊慶は毎日、従者（木太郎）と共に身延の山へ入っては、仏を宿した霊木を探した。いや、探すまでもなく、いまや立ち並ぶ樹木にはことごとく、運慶の云ったように、大小の仏が蔵されているのだった。山森に「霊木ならざるは無し」の有様で、精力的に伐り出した結果、古寺は寺堂はもちろん周囲の地面までもが大小の丸太で埋め尽くされた。ところが俊慶はいっこうに鑿を使う様子がない。どうして彫らぬのかと木太郎は質問した。

何とて仏を彫らざるや。従者《ずさ》の問へば、俊慶、傍《かたへ》の材を取りて曰く、此は阿弥陀を蔵したる霊木なり、吾には神さぶる形の分明に見ゆる。仏は犯しがたくして此処に在り。いかで更に掘るべけんや。蓬萊の運慶も亦《また》、盃を重ぬるばかりにて、鑿の錆ぶに任せゐたり。いひて俊慶、薪とも見ゆる丸木をゐや〳〵しく軒の下に据ゑにけり。

どうして仏を彫らないのか。木太郎が問うと、俊慶は近くの材木を手にして、これは阿弥陀如来の埋まる霊木で、自分にはその神々しい姿がありありと見える、仏がここに厳然として在る以上、どうしてわざわざ掘り出す必要があるだろうか、蓬萊の運慶にしても、酒ばかり呑んで、鑿は錆びるままにしていたと応じて、木太郎には薪としか見えない丸木を恭《うやうや》しく軒下に置いた。そして云った。

見よ。山森の木の幹、枝、葉、孰《いづ》れも仏を蔵せざるは無し。木のみにあらず。地にも川にも雲にも仏は在りて、沼に浮かべる亀の甲にも、軒にかゝる蜘蛛巣にも、川辺飛ぶ蛍の影にも在り。仏のあらざるはいづくにも無きが如し。

森の木々だけでなく、地にも川にも雲にも仏のないところはない。万物に仏が宿る。元来宗教とは縁のない、「仏道への帰依無く、菩提心無く、浄土に在りたしとも思はず、仏への尊崇の露とも無」かった俊慶がついにこの境地に至ったのであると、『俊慶』の作者は述べているようにも思えるが、しかしついに至った境地がこのアニミズム的な感覚の場所なのでは、全体に深みを欠くと云わざるをえないだろう。

それでも木太郎の「聞き書」には、木喰の聖に似た僧と山へ行ってもどったあたりから、俊慶は「霊木」を集めるばかりで、一向に鑿をふるわなくなったと、たしかに読み取れる記述がある。ここから亀山董斎は右のような物語を編んだわけであるが、しかし「聞き書」を素直に解するならば、寳井俊慶が造仏に意欲を失った、ないしは端的に狂気に陥ったと考えるほうがむしろ自然であろう。寳井俊慶に近代的な芸術家の相貌を見る井上啓太郎は、その狂気の内実を「美学的倒錯」の言葉で描き出している。

木に埋もれた像を掘り起こすとは、作家の内部にあるイメージを形に作ることと、一見対極的に見えながら、本質に違いはない。前者は後者のむしろアナロジーというべきだろう。それはすでに、あらかじめ在るのであり、具体的な手作業はそれを正確になぞることにすぎない。作業前のそれは、素材の中であれ、頭の中であれ、イデア的な完全性を備えているだろう。とすれば、出来上がった物は必ず不完全たらざるを得ない。美はすでに在り、製作が美の毀損でしかないのなら、むしろ製作はなすべきでない。こうした美学的倒錯に寶井俊慶が陥ったと見ることは、さほど無理ではないように思われる。（井上啓太郎「『俊慶』解説」）

これもやや穿《うが》ちすぎの見解に思えるが、いずれにしても、寶井俊慶が造仏をやめてしまったのは事実だろう。そうして真冬のある日――と『俊慶』の亀山董斎は結末に向かって筆を進めるのであるが、従者（木太郎）がしばらく他出してもどってみると、寶井俊慶は崩れかけの寺堂で、半ば雪に埋もれて死んでいた。

朽ち寺堂は荒《あばら》にて、風雪吹き入りて、いと寒し。日頃は寺堂の板剝がし掘れる炉に火を熾し、暖をとりしが、俊慶は一片の粗朶《そだ》をも焚かぬ儘《まゝ》、炉端にて冷え死にてありけり。

荒れ寺は風雪が吹き込んで寒く、冬は床下に掘った炉で焚き火をして暖をとっていたが、俊慶は一切火を起こすことなく炉端で凍え死んでいた。薪は捨てるほどあった。火起こしの道具もあった。

然して薪に成すべき丸木は悉く仏を蔵せり。屑の如き木端にも仏は宿され給ひて、霊威を放ちたる形の犯し難く、薪と成すを許さゞりけむ。嘗《かつ》て俊慶、仏と薪に選む処無しとて、仏をして散々に割毀《こは》し、燃やしてけり。今まさに薪は仏となりて燃やす不能《あたはざる》は、けだし応報とぞいふべけんや。是をして仏罰と呼ぶも可なるべし。

薪にはどれも仏が宿って霊力を放っていた。かつて俊慶は仏像は薪にすぎないとして、これを毀し燃やしたが、いまや薪には仏が厳然と宿るが故に燃やせず凍え死んだのは因果応報であり、仏罰であると、僧侶らしく――と云っていいのかどうか、亀山董斎は結論している。

木太郎は身延山に俊慶を埋め、石の墓標を置いた。それが文化四（一八〇七）年のことだと、とくに根拠を示さぬままに亀山董斎は断じ、自分は身延山まで足を延ばしてみたけれど、俊慶と木太郎が棲んだ古寺はすでに跡形なく、墓標も発見できなかったと記して、長くない紀伝を結んでいる。

八

身延山に逼塞《ひっそく》した寶井俊慶について、少なくとも当初は、かれが彫仏への意欲を持続し、魂を烈しく燃やしていた点を、亀山董斎も井上啓太郎も強調する。このことを裏付ける資料は「聞き書」に残された木太郎の証言しかないわけだが、たしかにそこからは、運慶作の仏像に震撼した寶井俊慶が身延山に籠り、熱心に造仏をしては、できた作品を割り毀す姿が浮かびあがる。先に引用紹介した、「造れる仏はいかにしたるぞ」の問いに対しての「割りさきて薪にしたり」「薪を積むべく仏を彫るとも見ゆぞかし」のやりとりには、事実のなまなましい手触りがある。その後、香蓮寺にいた木喰の聖に似た僧が訪れてき、山へ入りもどった寶井俊慶のかたった蓬萊云々の話は、「戯言」とするほかないが、そのあたりを境に寶井俊慶が鑿を手にするのをやめてしまい、ほどなく木太郎の留守中に炉端で死んだことも「聞き書」にはっきりと書かれている。

では、何が書かれていないかと云えば、「彫仏とは木に埋もれた仏を掘り出すことである」との言説である。これは『俊慶』では木喰の聖の台詞として最初に登場し、後半には物語の中核をなすのであるが、木太郎への「聞き書」にはこれに類した記述はない。亀山董斎が蒐《あつ》めた他の資料にも出てこない。そう考えると、この命題を軸に物語を編んだ亀山董斎はもちろん、美学の観点から注釈を加えた井上啓太郎もまた、砂上の楼閣を建てたにすぎないと評することもできるだろう。

しかし、だとすれば、木に埋もれた像を掘り出すという発想はそもそもどこからきたのか。と云うならば、「小説家」亀山董斎に発するアイデアと見るべきだろう。かれがどこかで読むか耳にするかして（漱石と同様に?）、紀伝に盛り込んだと考えるのが自然だが、じつはそのことを裏付ける資料がひとつ存在する。それが私の見つけた『巨摩山里古譚類抄』に含まれる「京の仏師の天狗と相知る事」なる文章である。最後にこれを紹介して本稿を閉じよう。

『巨摩山里古譚類抄』を書いたのは、平田篤胤門下の国学者で、武州日野宿出身の三浦《みうら》遼庵《りょうあん》（一八一九〜五二）なる人物である。天狗に連れ去られた少年の記録である『仙境異聞』等をものした平田篤胤が、異界に強い関心を抱いていたことはよく知られるが、師の影響下、同種の興味から三浦遼庵は身延山を訪れたものらしい。と云うのも、身延山に天狗が棲むとの風聞が当時あったからである。

身延の朽寺に天狗の棲めりといふ人ありて、過日、旅のよそほひして訪ぬれば、破れたる寺堂に髪髭長くして、眼睛《がんせい》凝り光りたる、恐ろしげなる行者の座してありけり。爾《なんぢ》は天狗なりやと問へば、否と答ふ。京の仏師にして、寳井俊慶なる者なり。

天狗が棲むとの噂にひかれて朽寺を訪れると、崩れかけた堂に恐ろしげな行者がいて、天狗かとの問いに否と答えたその人物は、寳井俊慶と云う京の仏師であった——と一文は書き出される。身延山に隠棲した寳井俊慶に会い、証言を残した者が、木太郎のほかにもあったわけである。

しかし聖殺し以来の経緯を考えたとき、寳井俊慶が自分から名乗りをあげたとは考えにくい。どうしてその名が歴と記されたのか、疑問に思えるかもしれないが、これはやがて明らかにされる。まずは話を先へ進めよう。

男が天狗でないと知って、三浦遼庵は落胆した。すると仏師が、自分は天狗ではないが、むかし京にいた時分から天狗とは親しくしていると云いだした。ならばぜひ話を聞きたいと願うと、酒を飲ませれば話してもよいと云うので、後日角樽を持参して再訪したところ、大変に興味深い話を披露してくれたのが以下であるとして、説話ふうの物語ははじまる。

東《あづま》にては天狗に会はずにありしが、過日、身延の山へ入りて、よき木を求め歩きける砌《みぎり》、渓の幽き境に至りし時、大杉の根方にて天狗と会へり。誰ぞと天狗の誰何《すいか》せるに、京より下れる仏師なりと申せば、護神《まもりがみ》が古び朽ちしがゆゑ、製し給へと請ひぬ。

東国では出会う機会はなかったが、先日、身延の山中を歩いていると、渓奥の杉の根元で天狗に遭遇した。何者かと天狗が訊くのへ、仏師だと答えると、護神が古くなったので、新しく作ってくれないかと頼まれた。護神とは何かと問うと、天狗が笈《おい》から出して見せたのは、五、六寸ばかりの木の棒である。糸瓜《へちま》か長茄子《なす》のごとき形は木彫らしく、もとはなめらかだったのだろう木肌は、なるほど黒ずみ古びて木目が浮き上がっている。とくに文様も飾りもなく、これならわけはないが、ただでは作れないと云うと、好きなだけ酒を飲ませると云うので引き受けた。すると天狗は鳶《とび》に変身して、仏師を摑んで蓬萊山へ運んだ。

天狗、忽ち鳶に変じて仏師を攫み、海を渡りて蓬萊山へ運べり。蓬萊山に檀《まゆみ》の森あり。

蓬萊はここにも登場する。蓬萊へ飛ぶ話は、あるいは寶井俊慶の十八番《おはこ》であったのかもしれない。天狗と仏師は森の奥へ奥へと分け入り、昼なお暗い深い渓に至った。

此処より彫り取るべしと、天狗の指す木を見たれば、護神の、胎に宿せる赤子の如くに埋れてありき。木中より彫り取るは、土中の石を掘るに似て、いとたやすければ、たちどころに護神は出《いで》たり。

木に埋まった神像を掘り出す話が、寶井俊慶のかたったこととして、ここではっきり記されているのが注目されるだろう。しかしてこの護神とはいったい何であるのか。

彫り取りし神を渡せば、天狗大悦して、己が鼻を取りて、是と替へたり。護神とは天狗の鼻なるか。驚きて問へば、天狗、然りと応じていふやう、前《さき》に見せしが如く、我が護神の煤《すゝ》びて、今ありつるは借り物なり。日頃おもはゆく思ひてありしが、あらたなる鼻を得て、心やすくなりけるが嬉しとて、樽の竹葉を与へり。

護神を渡された天狗は大喜びして、自分の鼻を外すと、これと取り替えた。護神は鼻なのかと驚くと、そうだと答えた天狗は、自分の護神が古びてしまい、借り物の鼻を付けていて、ずっと決まりが悪かったが、これで安心だと云って樽の酒を寄越した。つまり木に埋もれた護神とは天狗の鼻なのであった。

而《しか》してより此の方、数多《あまた》の天狗の、護神を彫れとて訪ひて来にけり。かくて我、天狗と相知りて、むつみ交はり、天狗の酒宴にも繁く請ぜられたりとぞ。

かくてそれ以来、たくさんの天狗が護神を彫って欲しいと訪れてくるようになって、自分は天狗と親しくなり、天狗たちの酒盛りにもしばしば招かれていると仏師は話した——と云うのが奇譚の中心部分なのであるが、こうして見ると、木に埋まる像を掘り出すと云う話は、そもそも寶井俊慶に発するものであったと考えられるかもしれない。酔うと仏師は饒舌になったようで、蓬萊の物語など訪れてきた者にかたり聞かせていたと思われ、木太郎も当然これを聞いていて、「聞き書」には残らなかったものの、木太郎を通じて亀山董斎が耳にした可能性はあるだろう。

仏師の話を聞いて、三浦遼庵は半信半疑ながらも、大いに興味を唆《そそ》られた。ぜひ自分も天狗に会わせてほしいと頼んだが、これは断られた。怪異好きの国学者は諦めきれず、べつの日に身延山へ行ってみると、廃寺に仏師は留守で、下男の姿もなかった。荒れ寺には、材の丸太や鋸、鉋、鑿などが置かれて、たしかに仏師の工房ふうである。しかしできかけのものを含め仏像は一つも見当たらず、すると隅に茶箱があるのに目が留まった。あれにどうやら仕舞ってあるらしいと思い、近づいて茶箱を開けてみた。

覗き見れば、五寸許りの、糸瓜《へちま》の如き形したる木棒の、三つ四つほどが収まりてあり。木肌のつや〳〵しく滑らかなるは、是まさしく天狗の鼻なり。仏師の語れる噺は実事といはざるべからず。まこと世に怪異なる事どもの尽きせぬものなる哉《かな》。

茶箱には糸瓜に似た形の五寸ほどの肌の滑らかな木の棒があって、これは間違いなく天狗の鼻であった。仏師の話は事実とするほかなく、世の中に不可思議な出来事は尽きないものなのだ——と生真面目に詠嘆して結んだ三浦遼庵は、最後にこう付している。

天狗鼻の根方に銘の彫られてあり。寶井俊慶となむ読まるゝ。仏師の名なり。天狗鼻とても銘を刻するは、京の仏師の習ひなるや。

寶井俊慶の実像は結局のところ判然としない。しかし少なくとも、寶井俊慶の銘のある「天狗の鼻」をかれ自身が彫っていたことだけは、とりあえず間違いなさそうである。

江戸の錬金術師

一

薗倉瑞軒《そのくらずいけん》は、字を貞光《さだみつ》、江戸は深川永代寺門前町に住み、医業の傍ら、春雲亭銀牛《しゅんうんていぎんぎゅう》あるいは橘 離水《たちばなりすい》とも号し、朱子学蘭学からからくり製作、見世物興行に至るまでの、種々の活動を文化文政期に成したとされる人物である。江戸の才人といえば、中期の平賀源内が夙《つと》に有名であるが、薗倉瑞軒がほとんど知られぬのは、今日に遺る著作がないことに加え、同時代の文人学者らとの交流が少なかった所為《せい》だろう。江戸の「知」の樹木は、知識人ネットワークの根に支えられて幹を伸ばし枝葉を繁らせたのであり、薗倉瑞軒はそうした輪から外れたところにあって孤立していた。

薗倉瑞軒は謎めいた人物でもある。長崎は平戸《ひらど》に隣接する松浦の医家の出であり、幼少より蘭方に触れ、大坂へ出て懐徳堂《かいとくどう》で学んだと称したが、松浦近在にさような医家は存せずともいわれ、出自は判然としない。生年も不詳で、しかし少なくとも寛政年間に懐徳堂に在籍していたのはたしかであり、文化三（一八〇六）年春までには、江戸へ出て、深川で医院を開業したのはまちがいない。

懐徳堂は享保九（一七二四）年、大坂の豪商らが舟場に設立し、明治二（一八六九）年に閉校となるまでに、富永仲基《とみながなかもと》、山片蟠桃《やまがたばんとう》、佐藤一斎《いっさい》など数多くの異才を輩出した学問所である。大塩平八郎や上田秋成もここで学ぶなど、近世学知の世界に小さからぬ足跡を遺したが、薗倉瑞軒が同所に参じていたことは、懐徳堂の記録のほか、木谷卯雪《きたにうせつ》（一七七二～一八一二）の随想『椎実風録《しいのみふうろく》』の記述から知られる。大坂天満《てんま》の油商である木谷卯雪、通名左治郎は、瑞軒が江戸へ出て以後も書簡を取り交わすなどした、唯一の学友といってよい人物である。

薗倉瑞軒の著作は『溛理趨気論《しゅうりすうき》』一篇が知られる。これは瑞軒が在坂時代に草したものので、京坂の書肆《しょし》に顔利きの木谷卯雪が出版の便宜を図ろうとしたが叶わず、江戸へ出た瑞軒は上梓を目指し運動したが、これも卯雪と相識である小石川の書肆・南雲文右衛門《なぐもぶんえもん》が版木とするまではしながら、出版には至らなかった。本論を目にした者は、したがって木谷卯雪のほか数えるほどしかいない。大正から戦前昭和期にかけて活動した、西洋稗史研究で知られる著述家・前田賢永《けんえい》（一八八〇～一九四四）をはじめ、薗倉瑞軒に関心を寄せた複数の好事家が各所の文庫や古書蔵に当たったと見られるが、『潄理趨気論』の稿本はいまのところ発見されていない。

薗倉瑞軒に『潄理趨気論』なる著作があり、独自の仕方で学の世界に身を浸した人物であったことを明らかにしたのは右の前田賢永である。商売の才覚はあったものの、学者としては凡庸であったが故に、とりあげられる機会のほぼなかった木谷卯雪の『椎実風録』を発掘し、そこに薗倉瑞軒にかかわる記述を見出したのも前田賢永であり、本稿はかれの研究に多くを負うものであることをあらかじめ断っておきたい。

著作の出版に便宜を図ろうとしたことからも知られるように、木谷卯雪は同学の友の学識を認めていた。ほかに儒学者たる瑞軒の消息を伝えるものとしては、文化年間に大坂の春渓堂から出た『浪華鴻儒便覧《なにわこうじゅ》』に、中井竹山《ちくざん》（一七三〇～一八〇四）門下の儒生として名前が見える程度で、当時もいまも学者の列に数え入れられることのほとんどない薗倉瑞軒の学識の輪郭は、木谷卯雪の筆を通じてかろうじて今日に伝えられる。

木谷卯雪によれば、薗倉瑞軒の学問は朱子学の「理気二元論」を徹底したものであり、当学の祖たる朱熹《しゅき》の思想を「節の無き修竹の如《ごと》く継ぎ伸ばしたる論也」としている。懐徳堂は三宅石庵《せきあん》（一六六五〜一七三〇）が学主を務めた当初は、学風の雑種性ゆえに鵺学問《ぬえがくもん》と呼ばれたが、瑞軒や卯雪が在籍した時代は、四代目学主に就いた中井竹山が荻生徂徠以来主流となりつつあった反宋学の風潮に抗し、朱子学正統への回帰を鼓吹《こすい》した頃で、瑞軒の仕事はこの流れに棹さすものだと卯雪はしている。

とはいうものの、事がなんであれ、薗倉瑞軒に対して正統の言葉を付するのはいささかの無理がある、むしろ異端の言葉がこれほどふさわしい人物はあるまいと前田賢永はしているが、誰もがこれには断然同意するであろう。その理由は以下の小文において明らかにされるはずである。

二

儒教に精緻な哲学的思惟をもちこんだとされる朱子学（宋学とも呼ばれる）であるが、その二元論なるものを雑駁に図式化すれば、世界を構成する材質が「気」であり、これを統御する法則が「理」とされる。陰陽五行からなる「気」は物質の形をとり、ときにエネルギーの形をとるが、「理」がこれを整序する。「理」は自然法則であると同時に道徳であり、それ自体は無秩序な力の発動である「気」に規矩《きく》を与える。「理」を精確に把握することで、つまり「道理」の闡明《せんめい》によって、ときに禍害や悪の因《いん》となりかねぬ「気」を秩序の下に置くのが修養であり、これが学問の目的となる。

南宋の朱熹《しゅき》によって唱えられた右の理論は、後人の手で精緻な議論が加えられ、また反対論も数多く出たけれども、近世を通じて東アジアの知の基礎的枠組みでありつづけた。いかに「理」を摑むかが学の課題であり、荻生徂徠はそれを礼楽刑政《れいがくけいせい》、すなわち政治社会制度に求め、ここに近代的な思惟の萌芽を丸山眞男は見るわけだが（『日本政治思想史研究』一九五二　東京大学出版会）、「理」の把握をあくまで個人の修養に求めるのが朱子学の正統であり、修養の果て誰もが聖人となることが期待される。朱熹の説を「節の無き修竹の如く継ぎ伸ばした」薗倉瑞軒の仕事もこの線に沿うものであり、人が「満腔《まんこう》の道理を心身に有する」聖人となるべきを理想としたが、修養の方法は独特であったと木谷卯雪はいう。

朱子学の修養は「格物《かくぶつ》」と「居敬《きょけい》」が主軸をなす。「格物」とは「気」の働きに隠された「理」を知るべく学問することであり、「居敬」は心身を整えて「理」の働きを促すことである。道徳の根拠である心裏の「理」を捉えることが、そのまま宇宙の原理の把握に繋がるのであり、この構えは古典ギリシアの観照《テオリア》に似て、内省から出発して世界把握を目指すところに特徴がある。しかして薗倉瑞軒は「理」を摑むに際して、内省や観照を離れ、外界の物質や現象に対し実践的に働きかけるべき方法を講じた点に独自性があったと、木谷卯雪は『椎実風録』所収の「薗倉瑞軒の事」と題された条で記す。

瑞軒子の学業の態《てい》、静坐し、蛍雪下に書を繰り、専一に世の道理を観想せんとする道学者流とは異なれり。子、屢々《しば〳〵》あし曳《ひき》の山に入て奇岩珍草の類を蒐《あつ》め、或《ある》は商家より購ひて、鉄鉢にてつき混ぜ、塩で漬け日に干し焚き亦《また》煮る抔《など》す。恰《あたか》も仙薬を調ずる蓬莱の工人の如し。子の発明を凝《こら》し以《もつ》て諸物に作用せしむるは、ひとへに気の攪拌《かくはん》の為なるとかや。浜に埋れし璧玉《へきぎよく》を求めて砂子を散らすが如く、気を散じ変じて万象の道理を自家薬籠中たらしむべしとの思ひ入れなるとぞ。ゑれきてる抔も作したり。

蓬莱は古代中国の伝説の仙境であるが、薗倉瑞軒は静かに机前に座して書見し観照する一般の学者とは違い、山で採取した、あるいは商家から購入した珍しい石や草を砕き混ぜ、塩漬けにしたり干したり熱を加えたりする姿が蓬莱の工人のようであった。様々な発明は、砂浜に埋もれた宝玉を探して砂を散らすように、「気の攪拌」をして「道理を自家薬籠中たらしむ」のが目的であったと卯雪は記しているが、自然界に働きかけるこの姿勢は、西洋思潮の文脈でいうならば、実験精神である。エレキテルすなわち静電気発生装置は平賀源内の名とともに夙に知られるが、これを自らも製作した薗倉瑞軒に蘭学の影響があるのはみやすいだろう。

しかしこうなると、朱熹の論を「節の無き修竹の如く継ぎ伸ばした」とは到底いい難《がた》いように思えるが、あくまで「理気二元論」の枠内にとどまって、自然法則と人倫の規範を区別しない瑞軒の姿勢が、朱子学正統の延長上にあると卯雪は考えるのだろう。江戸中期以降の知識の世界は、朱子学の土壌に蘭学など様々な思潮が浸透して新たな植物が生育していくのだが、薗倉瑞軒の場合、宋蘭両学が相互浸透するのではなく、「宋学の枝先に蘭学をいきなり接木《つぎき》した」ようであったと、前田賢永は昭和十（一九三五）年の『江戸の偏奇學者』（青燕書房）で評している。

ところで電気といえば、薗倉瑞軒は雷に深い関心を寄せていた。『滌理趨気論』には「雷神論」なる一章があり、紙幅が大きく割かれていたことが木谷卯雪の文章から知られる。雷なる現象は、宇宙の「気」の烈しい蠢《うごめ》きであり、その背後には「雷神」が存する。

「雷神」は鬼神の一種であるが、つまりは雷現象の「理」そのものである。この捉え方はさほど特異なものではない。しかし「雷神」を工学的な手段で捕えようとしたところはなかなか平凡でない。薗倉瑞軒は「雷神」を捕獲（！）して「身内に棲《すま》はしむべき法」を考案した。「雷神」を「身内に棲はしむ」とはいささか奇妙な表現であるが、「理」の働きを自然現象と人倫に区別なく認める朱子学の延長上にある発想とはいえるだろう。瑞軒は「雷神」を己が身の裡《うち》に文字どおり捕えようとした。聖人とは「満腔の道理を心身に有する」者だとの語句からも知られるように、瑞軒において「理」とは、人の身に貯金のごとく貯まっていく何かと観念されていたようだと前田賢永は解説している。

では、具体的にはどうするのか。というならば、「雷神」を封じ込めるべき鎧《よろい》を人が着て、頭に載せた兜《かぶと》から上方に伸ばした竿に雷が落ちるのを待つのである。足下も特殊の沓《くつ》でかため、結果、竿に落ちた雷は何処《どこ》へも逃れ出ることかなわず、「鎧裏《がいり》に捕へられ」て人身と一体となる。むろん鎧や沓、竿の材質および構造については精妙なる工夫が凝らされて、そこに『滐理趨気論』の論述は集中するらしいのだが、卯雪は詳しく紹介していない。

一方で、雷が鳴ると、薗倉瑞軒が右の出立ちで戸外を歩き回ったと卯雪は述べる。

瑞軒子、雷の鳴動を耳にすや、子の工夫になる雷《かみなり》具足《ぐそく》の拵《こしら》へにて、驟雨《しうう》下を縦横に闊歩《くわつぽ》す。隣家の者、いかにもあぶなしとて、止めんとするも、子聞かず。稲光に向かひて角竿振り立て、野鹿さながら駆け回れりといふ。遠からず焦げ死ぬべしと思ふに、笑楽亭《せうらくてい》曰く、雷は懼《おそ》るゝ者にこそ落ち、欣喜して迎ふ者には落ちぬもの也《なり》と。道理なるべし。瑞軒子、未だ焦げ死なずにあり。

薗倉瑞軒は自作の「雷具足」に身を固めて雷雨のなか出歩いた。近所の者がとめても聞かず、稲妻に向かって野鹿みたいに駆け回った。そのうち焦げ死ぬだろうと思っていると、笑楽亭（卯雪の富本仲間。不詳）が、雷は怖がる者にこそ落ち、落ちて嬉しい者には落ちないものだとかたるのに感心した。事実、瑞軒はいまだ焦げ死なずにいるのだった――と、こう書かれているのを読むと、ただの癲狂《てんきょう》でしかないが、『濼理趨気論』にはそれなりに筋の通った議論が展開されていたらしい。ことにエレキテルと雷に共通の「理」があるとする点、すなわちエレキテルには「小雷神」が住み、稲妻に「大雷神」が居するとしているのが卓見であると卯雪は紹介しているが、これすなわち電気の発見であり、薗倉瑞軒の研究は決して馬鹿にできる水準ではなかったと前田賢永はしている。さらに「雷具足」が絶縁体であれば、落雷の危険は少なく、瑞軒に万事抜かりはなかったのだとするあたり、贔屓《ひいき》の引き倒しの気味はあるけれど(そもそも雷が落ちぬのでは意味がないのでは?)、『滐理趨気論』の中身が知られぬ以上、軽々には判断できないとする前田賢永にまずは同意しておきたい。

グノーシス思想の研究で知られる前田賢永は、薗倉瑞軒を江戸の錬金術師と評する。物質界に様々な仕方で働きかけることで、宇宙の本質に迫り叡智に人を導こうとした西洋錬金術師と、道理を求めて「恰も仙薬を調ずる蓬萊の工人」のようであったとされる瑞軒の像が重なるところはたしかにあろうが、瑞軒の学問の中身がほとんど伝わらぬ以上、やはり思いつきの域を出ないといわざるをえない。『滐理趨気論』の発見を俟《ま》つほかはないが、いずれにせよ、大坂時代はともかく、江戸に出て以降の薗倉瑞軒は学者であるとは周囲から認識されていなかった。では、何と思われていたのか。

三

薗倉瑞軒の名は、その別号を含め、文政期から幕末にかけてのいくつかの文献に見える。薗倉瑞軒は江戸では知られた存在であった。ただしそれは学者としてではない。

江戸での薗倉瑞軒はまずは医師であった。文政八（一八二五）年に成った久慈頼記《くじらいき》の『江戸医家評判記』に瑞軒の名は登場する。瑞軒の医師としての姿を伝えるのは、史料価値に定評のある本書が第一であり、長崎の医家に生まれ、幼少より蘭方を学んだと自称したが、松浦近在にさような医家はなく、生年を含め素性ははっきりしないとしたのも本書である。ただし『江戸医家評判記』には、瑞軒が大坂の懐徳堂にいたことも、朱子学者であることも書かれていない。

薗倉瑞軒の医業を成すは、山井検校《やまのいけんげう》に就《つ》きて鍼灸《しんきう》を学びしが肇《はじめ》なり。深川永代寺門前町に医院を構へしも、山井氏の後援ありての事なりしとぞ。

山井検校は、諱賢徹《いみなけんてつ》、元の名を島清之進《せいのしん》と云い、明和四（一七六七）年に江戸で御家人の家に生まれ、鍼灸の技と金融業で財を成した人物である。江戸時代を通じて盲人は、鍼灸、按摩《あんま》、音曲《おんぎょく》などの技芸に従事したが、幕府から高利の金貸しを特別に許可され、巨利を得る者があった。山井検校もそのひとりである。江戸へ出た薗倉瑞軒が山井氏から鍼灸の技を習い、開業するに際してその援助を受けたのは事実としてよいだろう。

薗倉瑞軒が山井検校に師事した経緯は不明だが、一時期は山井氏の手代のごとき役目を果たしていた事実が他の文書から窺える。山井氏の商売相手は主に旗本御家人であったが、なかにはのらりくらりといい逃れを繰り返して借金を返さぬ者がある。零細業者はべつにして、江戸の金融業者の多くは、今日の高利貸しと同様、専門の取り立て人を抱えていたが、薗倉瑞軒がそれであったと、幕末に成った『斎木堂閑話』（安政五年）や『新続近世畸人伝《きじん》』（慶応元年）は伝える。なかに次のような逸話が残る。

薗倉瑞軒は借金取り立てに特殊技能を有していた。山井検校は複数の取り立て人を使っていたが、他の者が不首尾となると、最後に必ず瑞軒にお鉢が回ってきた。それでどうするのかといえば、借金返済を渋る者の屋敷に赴き、返さぬならこの場で腹を切ると宣《せん》したわけのである。家内で割腹などされてはたまらない。要は返さねば切腹するぞと脅迫したわけで、瑞軒が小刀を取り、おもむろに着物をはだけて腹を晒《さら》し、刃を突き立てれば、誰も慌てて弁済したという。
ところが、あれは格好だけで本気でするはずはないと嘯《うそぶ》く者もなかにはあった。『斎木堂閑話』から引く。

麻布に住む御納戸方《おなんどかた》の者あり。軽輩《けいはい》の屠腹《とふく》などいふは口端《くちは》にすぎぬ、さはできまじく、片腹痛しと常々嘲じたり。或る時、瑞軒、期の過ぎたる借貨の弁済を求むべく屋敷を訪《おとな》ひたりき。家主もとより毫《がう》も弁済の意なし。問答の末、瑞軒、端座して腹を晒し、割腹仕《つかまつ》ると宣《せん》す。切るなら切るがよろしからうと家主の嘯けば、瑞軒腹に押し当てたる刀、真一文字に引きにけり。腹皮に血の滲み、やがて生血の噴くに及んで、家主狼狽《うろた》へ、刀を収むるやう平身して借貨を返しぬ。瑞軒、金子《きんす》を懐中に仕舞ふや、食《は》み出《い》でし腸《はらわた》を腹中へ収め、涼し気なる顔にて辞去せりとぞ。

麻布在住の御納戸役の御家人が、切腹なんぞは口先だけでできはしまいと日頃馬鹿にしていた。あるとき瑞軒が借金返済の催促に訪れて、切腹の格好になると、切るなら切ればよいと御家人は嘯《うそぶ》き、すると瑞軒は腹に当てた刀を横に引いた。血が噴き出て、御家人はやめてくれと懇願して金子を出し、これを懐にした瑞軒ははみでた腸を手で腹に押し込み平然と帰っていった——というのだけれど、皮に血が滲むくらいならともかく、臓物を腹中に仕舞うとは、いくらなんでも無理に思えるが、前田賢永はまったくの虚構とはいえないと書いていている。というのも、『江戸医家評判記』に次のような記事があるからである。

薗倉瑞軒、鍼灸のほか蘭方も施術せり。蘭方の事は松浦の生家にて習ひ覚へ、平戸の蘭人に就きて学びしと述ぶるも、松浦にさやうな医家のあるを聞かず、蘭人の名も不詳なり。あやしき山医者なりやと疑ひ謗《そし》る者多くあれど、医技は悪しからずと云ふ。調薬に優れ、殊《こと》に刀疵《かたなきず》を縫ひて癒《いや》し、切れ離れたる手指を接《つ》ぐ上手にて、瘤《はれもの》を抉《ゑぐ》りて除するに秀技あり。心の臓に近き肉瘤《にくりう》をも深く抉れりと云ふ。

瑞軒は鍼灸の他に蘭方を施術した。医家である松浦の生家で習い覚え、さらに平戸の蘭人に就いて学んだと本人はいったが、そのような家は松浦にはなく、蘭人の名も不明で、胡散《うさん》臭い医者だと悪口をいう者は多かったものの、腕は悪くなかった。調薬に技術があって、とくに刀傷の縫い合わせや、切れ取れた指を接《つ》ぐのに巧みで、悪性の出来物を剔出《てきしゅつ》するのも上手く、ときに心臓の近くまで深く抉った——とは、つまり外科医として腕があったということだ。しかし、だからといって、まさか自分で切った腹を自分で縫い合わせたのではないだろうとは誰でも思うわけで、『斎木堂閑話』の数年後に成った『新続近世畸人伝』の著者、飯盛玄斎《いいもりげんさい》はおなじ麻布の御家人宅でのエピソードに付けてこう書く。

麻布より家路につきし瑞軒、道中己《おの》が腹を絹糸にて縫ひ／＼して歩きしといふ。まこと也や。慥《たしか》な事也と、見し人の断ずると伝ふも、甚《はなは》だ疑はし。

麻布からの帰路、瑞軒は道々切腹した腹の傷を絹糸で縫いながら歩いたといわれ、目撃した人がまちがいないと断言したと伝えられているが、まったく疑わしいと飯盛玄斎はしている。これがまずは常識的な感想であろうが、前田賢永はいくぶん違った角度から考察を加える。

前田賢永は昭和十四（一九三九）年、雑誌『二十世紀日本』（東洋新報社）に「江戸の錬金術師」と題するエッセーを載せ、『江戸の偏奇學者』につづいて薗倉瑞軒についてのまとまった論述をなしているが、そこで瑞軒を西洋ルネッサンス期の魔術医に比して論じている。前田賢永の論述は、複数の学者を俎上に載せて論じた前著も決して学術的とは呼べぬものであったが、これはさらに読み物に寄っていることもあり、牽強付会の気味があるのだけれど、薗倉瑞軒の肖像を描くに益する部分が少なくないので、以下に短く紹介してみよう。

四

シェイクスピアの『ベニスの商人』は、十六世紀のベニスを舞台にした物語であるが、多くのシェイクスピア戯曲と同様、元ネタが存在する。複数あるそれらのなかに、十五世紀に遡る『猶太《ユダヤ》人の蛇杖《へびづえ》』なる物語があると前田賢永は述べる。

『ベニスの商人』では、ユダヤ人の金貸しシャイロックが抵当にとった心臓に近い肉一ポンドを抉ろうとしたところ、純然たる肉以外取ってはならない、一滴の血も流してはならないと法廷で命じられ、窮地に追い込まれるのであるが、『猶太人の蛇杖』では、抵当は心臓に近い肉ではなく、心臓そのものである。心臓を抉ってもよいが、命を奪ってはならないといわれて、こちらの商人はユダヤ人の魔術医を連れてくる。魔術医は心臓を摑み出し、するとたしかに相手は死なないが、魂を欠いた木偶《でく》人形に成り果ててしまう。すると法廷にいたアラゴンの太守がその心臓を貰い受けたいと申し出て、大金で購われた心臓が元にもどされる。

沙翁《さをう》は自作をものすにあたつて、抵当が心臓では現実味を缺《か》くと考へたに違ひない。心臓を抉つて尚死なぬとの状況は、近代のとば口に立つ当時の観客には受入れ難かつた。そこで心臓に近い肉としたのである。一方で〔猶太人の蛇杖〕が前提にするベニスの魔術医の世界では、心臓を生きたまゝ取り出す手術はしば〳〵為されてゐた。本当に生きた心臓を抉り出す事は勿論不可能であつたらう。然《しか》し、或る神秘の技術に由《よ》つて、生きたまゝ心臓が抉り出されたと、人々が信じる事はあり得ただらう。今日の我々がそれを手品のトリックのごときに過ぎぬと冷嘲するのは容易である。然し今日でも、科学の目からは非常識でしかない事柄を、神秘の奇蹟であると認め、伏する者が後を絶たぬ事を思へば、そこに深甚なリアリテが存したのは疑へない。魔術医は生きた心臓を抉る事が出来た。さう考へる時、江戸の魔術医たる藺倉瑞軒が、自ら切り裂いた腹中の腸を掴み戻す程度の事は、さしたる不思議ではないと考へてもよいと思ふのである。

つまり前田賢永は、『斎木堂閑話』が描くような事柄が、実際にあったかどうかは措《お》いて、そのようであったと人々が信じる素地があったと述べるわけである。前田賢永が『ベニスの商人』を引き合いに出したのは、先に引いた『江戸医家評判記』の「心の臓に近き肉瘤をも深く抉れり」との記事に着目したからである。薗倉瑞軒が人の心臓を抜き取っているとの噂、ないしはそれに類する噂があり、『江戸医家評判記』の著者・久慈頼記も耳にしていたのだろう。しかし冷静で客観的な叙述を心がける久慈は、さすがにそうとは書けず、シェイクスピア同様、「心の臓に近き肉瘤」としたというわけである。

じつのところ噂話を無批判に輯《あつ》めた同時代の文書には、心臓を抜き取るどころではない話が数々掲載されている。後で二、三紹介しようと思うが、これらはむろん信ずるに足らない。しかし薗倉瑞軒に前田賢永の云う「魔術医」の雰囲気があったことはまちがいないだろう。

『江戸医家評判記』は薗倉瑞軒の腕は悪くないとしていた。しかし、そのすぐ後に、にもかかわらず患者は少なく、まるで流行《はや》らなかったと記述がつづき、瑞軒の狷介《けんかい》な性格が原因であるとしている。文化年間に出た武陽隠士の『世事見聞録』には、批判的な文脈ではあるけれど、この時代の医師が「奢侈《しゃし》に募り衣服美麗を尽し、住居も玄関そのほか結構に、家従等までも権式を張」ることで評価を受けたとあるが、瑞軒はそれとは正反対、衣服束髪に構わず、住居も陰気で薄気味が悪かった。

永代寺門前町の医院の土間には、破格に巨大な竈《かまど》が据えられ、悪臭のする汁が大鍋で煮られて、座敷には髑髏《どくろ》やら獣の剥製やらのあいだに、蛇や百足《むかで》を漬けた瓶や中身のわからぬ壺が並んで、患者は寒気を禁じ得なかったという。さらに余人の立ち入れぬ奥の間には、得体の知れぬ機械類道具類が所狭しと置かれて、瑞軒は暇があれば怪しげな研究に没頭しているらしく、いよいよ人を不安に陥れた。それでなくとも蘭方に対する偏見が一般にあった時代である。しかし前田賢永はここに、大坂時代に引きつづいて瑞軒が「修養」を志していた証拠を見る。

江戸に於《おい》て「仙薬を調ずる蓬萊の工人の如」き活動を為す瑞軒が、大坂時代と変はらず、理気二元論に基づく学問を継続してゐた事は疑へない。彼の理想は、独自に工夫した「修養」を通じて、聖人となる事にあつた。気に働きかけ、理を「自家薬籠中」のものとし、自在に操る者は、聖人と言ふよりむしろ超人である。瑞軒は生涯に亘つて「修養」を重ね、超人となるべく努力したと言へるだらう。然《しか》し乍《なが》ら、江戸の学界で孤立してゐた瑞軒の学術活動の側面は誰にも知られることがなかつた。

知られないばかりか、かれの研究は人々に気味悪がられていた。原因は他にもあった。たとえば猫である。

五

生涯妻帯せず子もなかった瑞軒は、代わりに猫を飼った。それも一匹二匹ではなく、十数匹を一遍に飼い、それでなくても気持ちのよくない医院には、そこここに猫が屯《たむろ》して、よほどの猫好きを除き、大抵の者は怖気《おぞけ》をふるった。瑞軒は猫を可愛がり、次々と貰ったり拾ったりしては養育し、死ねば法名を与えて懇《ねんご》ろに供養した。裏庭に猫塚が建てられ、座敷には髑髏の横に猫の位牌が並んで訪う人の不安を増幅した。さらには瑞軒が猫を使って妖しい仕業をなしているとの噂もたった。この話を伝えているのは、天保七（一八三六）年に成った『鴨葱嘶筐《かもねぎはなしばこ》』である。ここでは瑞軒は銀牛の名前で登場するが、これは春雲亭銀牛という瑞軒の別号である。江戸では薗倉瑞軒よりむしろ春雲亭銀牛の名前が流布《るふ》していた。

銀牛、深川にて医業をも成せり。或る夜、子刻《ねのこく》頃か、銀牛を訪ふ患家《かんか》ありき。灯《あかり》の漏《も》る戸を叩けど応《こたへ》なく、あやしと思ひて隙より覗けば、座敷の銀牛、榊《さかき》の枝を手に端座せるが見ゆる。何をかなさむと猶《なほ》覗き見しに、銀牛、蘭語を唱へて枝をふるへば、まはりの猫ども、たちまちにして歩き出しにけり。猫がましく歩くにあらず。猫は立てり。後肢にて立ちたる猫共、奴の如きぎやうれつをなし、耳の尖《とが》れる首をふりふり、打ち揃ふて畳から土間をのし歩けり。

深夜に患者が訪れ戸を叩くと、灯はあるのに返事がない。妙に思って隙間から覗けば、銀牛＝瑞軒が榊の枝を持って坐していた。なんだろうと見るうち、蘭語とともに枝が振るわれ、すると猫たちが揃って歩き出した。猫は猫らしく歩かず、後ろ肢で立って歩いた。

その姿はさながら侍行列の槍持奴《やりもちやっこ》のようで、猫は耳の尖る頭をふって、歩調を合わせ家内をのし歩いた。とは奇怪至極であるが、噂はそれに止まらなかった。

銀牛、猫を仕込みて、様々に働かせしといふ。外山様の一件の他、文政頃の化け猫騒ぎ、何《いづ》れも銀牛の飼ふ猫の仕業なりとぞいひにける。

外山様とは、青山に住む旗本、外山肥前守義兼《よしかね》、外山家の化け猫騒動は当時評判になったもので、水村樽居《そんきょ》翁の『しぐれ草補遺』でも紹介されているが、話はこうだ。屋敷に夜な夜な猫がやってきては行灯油を舐める。いかにも妖しいというので、不寝番《ふしんばん》が見張りにつくと、深夜に猫が現れ、槍で突けば、天井に家守《やもり》のごとくに張りついて逃げ、その後は現れなくなった。やれ一安心と思っていると、今度は妻女をはじめ家の女どもが行灯油を舐めるようになり、主人が咎めると、女たちは着物の裾を翻して走り、柱を順番によじ登って天井に張りついた——というのが「外山様の一件」で、この騒動については他の文献にも見える。天井に張りつくとはいかにも変梃《へんてこ》だが、この油を舐める怪猫が銀牛＝瑞軒に仕込まれた猫だったと『鴨葱噺筐』は述べるわけである。そもそもどうしてそんなことをしなければならぬのか、全体よくわからぬ話だけれど、当時の多くの化け猫事件が、深川の猫屋敷の主人の指嗾《しそう》によるものだと噂されたらしい。

この頃、とはやはり文政の頃だが、武家や商家でいくつかの怪死事件があり、これも銀牛の飼う猫の仕業だと噂された。銀牛は自ら調合した猛毒を猫の爪に塗り、これを夜陰に走らせて、人を引き掻《か》かせ死に至らしめたというので、陰で糸を引くのが山井検校であるともされた。山井検校は大身旗本や豪商から政敵や商売敵の暗殺を請け負って、これを銀牛にやらせたという。これではまるで池波正太郎の小説であるが、山井検校がかなりあくどい仕方で蓄財したのは事実らしく、こちらの評判も芳しくなかったらしい。実際、山井検校は水野忠邦の改革の際に、他の金融業者とともに不正蓄財の廉《かど》で咎《とが》めを受けている。

しかし、見慣れぬ器具を使い秘薬を調ずる蘭方医が猫屋敷に住んでいるというだけでは、ここまで妖しい噂は立たぬわけで、じつはこれにはべつの原因があった。

六

江戸の街はさまざまな見世物興行で賑わったことで知られるが、ことに江戸時代後期から幕末にかけては、文政年間に一大ブームを巻き起こした細工物や、幕末に到来した象や駱駝など珍奇な動物をはじめ、奇術やら曲芸珍芸やらの見世物小屋が浅草奥山や両国広小路に軒を並べて、庶民に娯楽を提供した。いまでいうお化け屋敷も定番であり、趣向を凝らした怪奇小屋が次々と幟《のぼり》を立てたが、文政六（一八二三）年夏、大評判をとった見世物が浅草奥山に出現した。これは「万国怪異妖爛邪鬼城《ようらんじゃきじょう》」と称する、大坂の丸太屋甚右衛門《じんえもん》なる興行師が主催したもので、展示されたからくり仕掛けの製作を指揮したとされたのが春雲亭銀牛こと薗倉瑞軒であった。

どうして瑞軒がさような興行に係ったのかは判然としないが、ひとつたしかなのは山井検校が興行の出資者だった事実である。先にも紹介したが、山井検校は瑞軒にとって医業の師であるよりむしろパトロンであったと考えた方がよさそうで、実際、流行らない医院の奥で、瑞軒が猫を飼いつつ「研究」に没頭できたのは、山井検校の後援あってのことだったろうと前田賢永はしている。

「万国怪異妖爛邪鬼城」は、ギロチンや車裂きなど、世界各地の刑罰や残酷な風習が生き人形で再現され、なかでも評判をとったのは「生腑分《いきふわけ》」なる出し物で、これ要するに、死体ではなく、「生きた人」の腹を裂いて臓物をひとつずつ取り出すとの趣向である。他に天竺《てんじく》をはじめ異国の人外境や地獄から採取してきた化け物の展示があり、人面の犬や豚や鳥が見物人の恐怖を煽り悲鳴を搾りとった。江戸文化爛熟期に於けるエログロ隆盛の一実例といってよいだろう。上方において数々の興行で鳴らした丸太屋甚右衛門は、なかなかのアイデアマンだったようで、小屋の入口には、化け物が一匹逃げ出し徘徊している、気をつけてほしいとの貼紙が掲示され、観客に紛れたのっぺらぼうや一つ目に脅かされて、いい歳をした若衆が悲鳴をあげて失神したと評判をとった。

この時代、生き人形もまたブームになっており、丸太屋甚右衛門は元々は生き人形で一世を風靡《ふうび》した興行師であり、腕のよい人形師を幾人も抱えていた。「万国怪異妖爛邪鬼城」の生き人形を使った展示物の迫真性は格段だったらしい。春雲亭銀牛すなわち薗倉瑞軒がどのように関与していたのか、「生腑分」などは蘭方医ならではの感がたしかにあるが、どこまで具体的に企画製作に関与したかはわからない。その一方で、丸太屋甚右衛門は、展示物の迫真性を増強するためだろう、今回の見世物はどれも「当代随一の蘭学者にして本朝妖異研究の大家」である「春雲亭銀牛先生」のプロデュースであると宣伝した。「万国怪異妖爛邪鬼城」の引札、すなわち宣伝チラシは現存して、大阪明倫大学の近世文化研究所で閲覧できる。

長崎は出島の産にして、パラスなる異人学者に養はれたる春雲亭銀牛先生、当代随一の蘭学者にして本朝妖異研究の大家なり。銀牛先生、天空を越へ、大海を渡り、遥か天竺南蛮の地にて、怪異なる物共、数多《あまた》輯《あつ》めたり。天翔け遠地に飛びて異界に遊ぶ銀牛先生、果たして仙人なるか。はたまた天狗なるか。断じて否なり。先生、雷神の力を我が物とし、雷を意の儘《まゝ》に用ふ。稲妻の箭《や》に跨《また》がりて天空を往くといふも遠からずとかや。

絵入の引札にはさまざまな惹句《じゃっく》が並べられているのだが、右の引用は、比較的小さな文字で記された、春雲亭銀牛のプロフィール部分である。パラスは不明であるが、あるいはパラケルススのことではないかと前田賢永は推測している。今回の展示物は、銀牛先生が空を飛び海を越えて異国から輯《あつ》めてきたものなのだが、先生は仙人か天狗なのかといえばそうではない。先生は雷神の力を意のままに操るのだと書かれているのが興味深い。瑞軒が大坂時代から一貫して雷に関心を持ちつづけたことが窺われるわけだが、これはまた後に述べよう。ちなみにこの文章の横には、天狗の面をつけた羽織袴の人物が稲妻に跨《また》がるイラストが印刷されている。

とにもかくにも、この興行をきっかけに春雲亭銀牛の名前は江戸で広く知られるようになった。はじめは銀牛が深川の猫屋敷に住む医者だと知る者は少なかっただろうが、次第に噂は広まったのだろう。それとともに『鴨葱嘶筐』に採録されたような妖しい話が流布していったと考えられる。「万国怪異妖爛邪鬼城」での「生腑分」は、『鴨葱嘶筐』にはこう記される。

銀牛、訪ひ来たる患者を睡《ねむ》らせ、深更《しんかう》浅草迄運べり。薬効にて睡れる人を盤台に載せ、生けるまゝ腹を割きて腑分を施《ほどこ》せり。見物の内には、どれも作り物なり、からくりなり、血も犬猫の血たるは疑へずといひて嗤《わら》ふ者ありしが、此は甚しき誤りなり。血は正銘、人の生血なり。鋏《はさみ》にて膚《はだへ》を破るや血の筒鉄砲の如く噴き出るは其《そ》の証《あかし》なりと、道者ら口を揃へていひにけり。

銀牛は来院した患者を薬で眠らせ、夜中に浅草まで運び、生きたまま腑分をした。見物人のなかには、あれは作り物だ、血も犬猫の血だと嘲る者があったが、そうではない、血はまさしく生きた人の血なのであり、鋏で腹の皮を切った途端に血が水鉄砲よろしく噴出したのがその証拠だと道者たちは口を揃えた。道者とはその筋の専門家くらいの意味で、いったいどんな専門家なのだといいたくなるが、腑分の後はどうしたのか。

銀牛、臓物を腹中へ戻し縫ひ合はせ、居宅にて目を覚ませし病者、何事なく療《れう》じたるは不思議といふべきかや。

腑分の臓物を元に戻して縫い合わせ、目を覚ました患者は、何も気づかず療養を続けたのは不思議だ——と、このあたり前田賢永の云う「魔術医」の面目躍如の感があるが、ほかにも、人面の犬や豚は、銀牛が人の首を切り取って動物のそれと接ぎ替えたのであり、のっぺらぼうや一つ目などの化け物も単なる作り物ではないのであった。

銀牛、掻《か》き出したる赤子を中条より貰ひ受け、蘭人に学びし技を以《もっ》てさまぐ〵に事計《はか》りて、是《これ》を養ひ育て、化け物に成したり。

中条とは、堕胎を専門とする町医者である。銀牛はそこから貰ってきた胎児を化け物に作り育てた。と、こう噂されるまでになったとすれば、丸太屋甚右衛門の狙いは大成功したというべきだろう。どちらにしても、春雲亭銀牛すなわち薗倉瑞軒の、妖異を操る怪人であるとの像はここからはじまったと考えられるのである。

七

もちろんこれらは薗倉瑞軒の実像とはかけ離れていた。江戸での瑞軒はなにより蘭方医であり、久慈頼記『江戸医家評判記』の記述からしてもそれはまちがいない。流行る医者ではないけれど、腕が良いとの評判もあった。それが見世物興行に係ることで、妖異研究の大家とされ、妖しい術を操る魔人と噂されるようになったわけだ。春雲亭銀牛の名前は、「万国怪異妖爛邪鬼城」の後にもいくつか、丸太屋甚右衛門主催になる怪奇見世物の引札に見える。

先にも述べたが、瑞軒が見世物興行にどれくらい関与していたかはわからない。エレキテルのごとき、広義の「からくり」に関心があったのはまちがいないが、実際に瑞軒が展示物の製作を行なったかどうかは不明である。医業のかたわら、大坂時代から一貫して「錬金術師」ふうの研究を継続していた瑞軒には、元来「魔術医」の風貌があって、これに丸太屋が目をつけ、山井検校を介して依頼したのだろうと前田賢永は推測し、瑞軒の側には山井検校に対して断りきれぬ義理があったのだろうともしている。
薗倉瑞軒はことさら怪異的現象に、ましてや怪奇見世物に展示せられたような妖しい事どもに関心があったのではない。偏奇ではあっても、一貫して学者であったと前田賢永は考える。

江戸に於る薗倉瑞軒は一部では知られた蘭方医であつた。一方で、瑞軒は医業の傍《かたはら》、大坂時代に引き続き、独自の学問をこつ〳〵と成してゐた。それは一口に言つて、朱子学の理気二元論の延長で宇宙の本質を明らかにし、またその力を我が物にせんとする研究である。宋学の枝先に蘭学をいきなり接木したやうな、偏奇と言へば偏奇な学問ではあるが、西欧錬金術と同様の、首尾の一貫はあり、決して狂人の戯言《ざれごと》ではなかつた。ましてや瑞軒を、見世物興行で一山当てんとした山師、ペテン師の如く評するのは、まるで的外れと言ふほかないのである。

薗倉瑞軒に右のような悪評があったのは事実である。先に紹介した『鴨葱噺筐』に「銀牛、深川にて医業をも成せり」と書かれているように、複数の文献で春雲亭銀牛は薗倉瑞軒の別名とは考えられていない。『鴨葱噺筐』の著者、光栄堂主人はそもそも薗倉瑞軒を知らないように見える。逆に幕末の『斎木堂閑話』や『新続近世畸人伝』は、春雲亭銀牛をはじめ別号での瑞軒の活動には言及がない。「春雲亭銀牛」は一世を風靡したが、天保の改革の波を受けてエログロのブームが去るとともに、急速に忘れられたのだろう。幕末にはむしろ薗倉瑞軒の名前が、四、五十年前の文化文政期に存在した、変わり者の蘭方医として人々の記憶に残っていたと考えられる。

春雲亭銀牛が薗倉瑞軒と同一人であるとはじめて明確に示したのは、明治十六（一八八三）年、『国民新報』に連載された野月梨園《のづきりえん》の「大江戸下町人物夜話」である。ていねいな歴史考証に定評のある梨園は、葛飾北斎や十返舎一九と並んで薗倉瑞軒を取り上げ、深川で医師をしていた瑞軒が、春雲亭銀牛、あるいは次に紹介する橘離水の名前で数々の見世物興行に係った事実を明らかにしたうえで、「衆人の耳目を聳動《しょうどう》せしめて利を得んとした一種の山師」との批評を加えた。野月梨園の人物評は全体に辛口であるが、瑞軒に対してはとくに厳しく、悪徳金貸しであった山井検校と組み、世間を瞞着《まんちゃく》したいかさま師とまで断じ、ただし医師としての腕は悪くなかったとしているのは、『江戸医家評判記』を参照したからだろう。

この後、薗倉瑞軒が論じられる場合——その機会はほとんどなかったのであるが、この野月梨園の評が踏襲された。つまり「見世物興行で一山当てんとした山師、ペテン師」は通説であった。

これを前田賢永は覆《くつがえ》した。野月梨園は薗倉瑞軒が長崎の出であると述べてはいるものの、大坂時代にはまったく言及していない。瑞軒が懐徳堂で学び、独自の学問を追究した人物である事実を見出したのは、ひとえに前田賢永の功績であった。西洋稗史研究という、それこそ怪しげなる領域を専門とする一物書きのおかげで、薗倉瑞軒は近世学識者の列にかろうじて加えられることになったといえるだろう。

薗倉瑞軒が江戸へ出て以降も己の学問を継続していた、その証拠として前田賢永は、木谷卯雪宛ての書簡に、『滌理趨気論』出版の相談と並び、江戸でも変わらず「理気」の法則を摑み、「満腔の道理を心身に有する」聖人たるべく研鑽を積みつつある近況が書かれていることをあげている。この書簡は筆者は未見である。

学究を継続していたとすれば、『滐理趨気論』の他に著作があったと見るのが自然であるが、遺るものはひとつも発見されていない。結果、瑞軒の研究の中身については、具体的にはほとんどわからない。なかで唯一確実だと思われるのは、瑞軒が雷神、すなわち「電気」につき一貫した関心を抱いていた事実である。

八

前田賢永は、木谷卯雪への書簡を根拠に、薗倉瑞軒が江戸に出たのが享和二（一八〇二）年、年齢は三十歳代なかばくらいだろうと推測している。とすれば、「万国怪異妖爛邪鬼城」の浅草興行が文政六（一八二三）年の夏であるから、このとき瑞軒は五十歳代なかば、既述した春雲亭銀牛の虚名が魔人の像とともに広まったのは、かれの五十歳代であった計算になる。

その後、瑞軒は永代寺門前町から押上《おしあげ》村に居を移した。それは天保元（一八三〇）年頃と見られる。『斎木堂閑話』や『新続近世畸人伝』は、単純に医院の移転としているが、新宅で瑞軒が静電気発生装置を用い、いまでいう電気治療を行なったと書かれているのがなにより注目される。具体的にどのような施術が行なわれたのか、詳細の記述はないが、「ヱレキテルを用ひ雷神をして身中に隈《くま》なく棲はしむる法」は万病に効験ありと称し、ことに癲狂癲疾《てんしつ》など、いまでいう精神病には覿面《てきめん》であると謳い、それなりに患者を集めていたという。

大坂時代の「雷神論」から一貫して、薗倉瑞軒は「電気」に関心を持ちつづけ、研究を重ねてきたのであるとする前田賢永の見解は、なるほどこれらの記述からしてもたしかであると思える。「理」の中核をなす「雷神」を律して心身の「気」を整えるならば、およそ病と名のつくものことごとくを退治できるとの理屈は、大坂時代の「雷神論」から一本道だと考えられるだろう。じつのところは、『斎木堂閑話』も『新続近世畸人伝』も記述がごく短く、右は想像の域を出るものではないのであるが。

『新続近世畸人伝』の「薗倉瑞軒」の条は次のように結ばれる。

天保三年壬辰《みづのえたつ》文月《ふみづき》、瑞軒の居宅、火災に遭ひて焼け落つ。此時《このとき》、瑞軒もろともに焼け死ねり。享年不詳。墓も知られず。居宅のありし処《ところ》、今は溜池となりて跡なし。月命日に池辺に猫の鳴き集ふは、瑞軒を慕ひての事なるやと、近在の百姓ら言ひ伝ふとぞ。

天保三（一八三二）年七月、瑞軒は火災で焼け死んだ。享年はわからず、どこに葬られたかも知られず、家のあった場所は池になり、月命日ごとに猫が池辺に集い鳴くのは瑞軒を慕ってのことかもしれぬと近隣でいい伝えられた——と、このように結ぶ『新続近世畸人伝』は、山井検校の手代を経て医師となり、切腹をしてみせて借金を取り立てる、たくさんの猫を飼う、エレキテルを治療に用いる等々の逸話を残した、総じては偏屈で人好きのしない、それでも医業の腕はそれなりにあった人物として薗倉瑞軒を描いている。これは『斎木堂閑話』も同様で、「見世物興行で一山当てんとした山師、ペテン師」の像はそこにはない。先にも述べたが、これら幕末の文書は春雲亭銀牛と瑞軒を結びつけていない。

逆に天保期の『鴨葱嘶筐』は、山師どころか魔人のごとき春雲亭銀牛の姿を描き出したわけだが、これは逸話を並べたばかりで紀伝的体裁は欠き、押上村への転居も最期の記述もない。そもそも春雲亭銀牛が薗倉瑞軒の別号であると認識していない以上、そうなるのは当然だろう。

押上村に転居して以降の瑞軒の姿を伝えるものは、右に挙げた幕末の文書以外では、山井検校につき書かれたもののなかに散見できる。

天保十一（一八四〇）年に成った無徳隠士《むとくいんし》の『轅門記抄《えんもんきしょう》』は、山井検校の事績を記した文書であるが、山井が「万国怪異妖爛邪鬼城」をはじめとする見世物興行に出資し、いずれも成功裡に終えて財をいよいよ増し加えた事情を述べる条のなかに、唯一失敗した企画として、「押上村の怪奇茶屋」なるものがあったと記されているのが目を惹く。これは改造した百姓家に「奇怪妖幻なる物共」を陳列し、木戸銭をとって人に見せたもので、主催したのは「橘離水なる蘭方医」だとしているが、この「橘離水」が薗倉瑞軒その人であると最初に看破したのはやはり野月梨園である。

山井検校の出資になる怪奇見世物を主催する押上村の蘭方医、というならば、薗倉瑞軒以外に考えられぬとした野月梨園は、『新続近世畸人伝』が記すように、瑞軒が電気療法のごとき業を行なったのは事実であろうが、それは治療目的というより、見世物の一環であったにちがいないと断じ、これは瑞軒の話ではないが、手を繋いだ多人数に通電して感電させる出し物が当時あって、そうした類のことを企画した瑞軒が、あいも変わらず「衆人の耳目を聳動せしめて利を得んとした一種の山師」たる活動を続けていたとする。もちろんその背後には「腐れ縁」でつながる山井検校がいた。瑞軒が橘離水の別号を用いたのは、銀牛の虚名が広がりすぎたせいだろうと梨園は推測している。

かくてエレキテルを用いる斬新な治療を行なった蘭方医と、奇抜なからくりで人を驚かす山師、二つの像に薗倉瑞軒は引き裂かれているのだが、それらを通貫して、大坂以来の「雷神」研究が、ひいては朱子学の理気二元論に基づく学理の探究が、瑞軒の一貫した関心事だったのであり、それこそが実像であったと前田賢永はするのである。

九

『轅門記抄』は、『新続近世畸人伝』と同じく、「橘離水」の「怪奇茶屋」が火災に遭ったと記す。ここでなにより興味深いのは、火事の原因についての記述である。

(怪奇茶屋には)屋根に鉄《かね》の高竿の据へられてありけり。雷神をして導き捕らふべき竿なりとて、石室に繋りて、此処《こゝ》へ雷神を押籠《おしこ》め、さまざまに使役すべきからくりなりといふ。是をして天狗輦《てんぐれん》と称す。然《しか》して一日、半夜に驟雨の来たりて、雷竿に落つ。茶屋は一夜にして灰燼《くわいじん》と成り果てぬ。

「輦《れん》」とは乗り物の意味であるが、「怪奇茶屋」には、雷神を鉄の高竿に導き、石室に捕えてさまざまに利用する、「天狗輦」と称する装置があった。ある日の夜半、驟雨が来て雷が竿に落ち、茶屋は焼け落ちてしまったと、『轅門記抄』は火災の原因を落雷だったとするのだけれど、もちろんここで注目されるのは右の「からくり」である。

橘離水が薗倉瑞軒であり、『滌理趨気論』中の「雷神論」を草した人物である事実を前田賢永とともに知る我々には、この「からくり」すなわち「天狗輦」が、例の「雷具足」と同類であることは自明であろう。『滌理趨気論』を知らぬ野月梨園は、これこそ薗倉瑞軒の「山師的活動」の最たるものだとする。雷神云々の理屈はまやかしにすぎず、家の屋根に異様な高竿を掲げることで耳目を集め、人を寄せようとの魂胆だったにちがいなく、そのせいで茶屋が焼けたとすれば、「因果の神の笑ふべき差配といふべし」と断じてさえいる。一方で、前田賢永は当然ながら、薗倉瑞軒の大坂時代に引き続く「雷神」研究の延長上に右の装置があると考える。

薗倉瑞軒の永年の関心は雷神にこそあつた。雷神を「身内に棲はしむべき法」を考案し、それを実現する事で、一種の超人たらんとするのが、瑞軒の妄執ともいふべき素願であつた。押上村に転居した後も、深川時代と同様医業に従事したが、あらゆる病は雷神の力に因《よ》つて癒し得る、雷神を蓄へた身体は金剛不壊となるとの考へに基づき、研究に没頭したのだらう。パトロンたる山井氏の意向を受け、見世物の体裁で研究成果を公開した事もあつただらうが、彼の関心はあくまで自身の研究にあつた。（中略）雷神研究は医療の分野に限られるものではなかつたはずだ。「万国怪異妖爛邪鬼城」の引札には、「春雲亭銀牛」が天狗のごとく、はるか天空を越え天竺南蛮へ飛んだと書かれていた。もちろんこれは見世物興行の惹句にすぎぬが、そこに一抹の真実の種が含まれてゐると考へるのも、あながち牽強付会とは言ひきれぬのではあるまいか。

落雷のエネルギーは莫大である。これをかりに「身内に棲はしむ」ることができたなら、まさしく「天狗輦」の名の通り、天空を往くことが可能になると考えられても不思議ではない。鳥のように空を飛ぶのではなく、瞬時に、自在に時空を移動すること。このサイエンスフィクションでは馴染みの発想の下、瑞軒は「天狗輦」を製作したのだろうと前田賢永は想像する。もちろんそうしたことが実際にできたはずはない——いや、必ずしもそうとはいい切れぬと、南方熊楠に私淑し、江戸川乱歩と親交のあった西洋稗史研究家は述べる。

『新続近世畸人伝』は瑞軒の最期を焼死としていたが、猫がいまも慕い集う云々《うんぬん》と、近在の者の記憶には残りながら、墓が知られぬのは不審だとしたうえで、『轅門記抄』のつづく記述に前田賢永は焦点を当てる。そこにはこうあるのだ。

火事の後、茶屋の主たる橘離水、姿の見へずして、焼け死にて骸《むくろ》となりしかと跡を探れども見へず。橘離水、何処《いづく》にか煙の如く消え失せたり。些《いさゝ》かの儲け無きまゝ茶屋は焼け、損は甚大にして、検校、向後は見世物に醵《きょ》さず、金貸業に励むも、是《これ》を潮目に落ち目となりぬ。

火事のあと責任者である橘離水の姿がなく、焼け死んだのかと、死骸を焼け跡に探したが見つからず、煙のように消え失せてしまった。怪奇茶屋はまるで儲からぬうちに焼失して損は大きく、山井検校は見世物興行に出資するのをやめ、金貸業に専心したものの、これを境に落ち目になった——というのだけれど、橘離水すなわち薗倉瑞軒が「何処にか煙の如く消え失せたり」とあるのは、火事の後でどこぞへ逃げたのではなく、文字通り煙のように忽然と姿を消したのではないかと前田賢永は考える。

次のやうな想像が脳中に浮沈するのを筆者は止《とゞ》める事ができない。さやうな馬鹿げた事が起こり得たとは、誰も信じぬであらうが、あるいはの思ひを消せぬのも又事実であるはずである。すなはち、雷鳴を聞いた瑞軒は、「天狗輦」に乗り込み、落雷を待つた。やがて雷光一閃、稲妻は屋根に高く掲げられた竿に落ち、激烈なエネルギーが一遍に天狗輦に溢れた。その瞬間、瑞軒の身内に「雷神」は満ち、超人と成つた彼は遂に時空を超へ出たのではあるまいか。

そんな馬鹿な事がある筈《はず》はないと嗤うのは簡単である。しかしひょっとしたらの思いは誰も消すことはできないはずだと前田賢永は重ねて論じる。時代を超え国を超え、人なる者が夢幻の神秘を求める存在であり続ける以上、宇宙の秘蹟を掌中に開示する錬金術、これを求めることを我々はやめられない。唖然とする仕方で常識を覆し、机の小筐を開けるようにして世界の謎を解き明かしてしまう神秘の技術への憧憬から人は逃れることはついにできない。それはいついかなる時代の精神にも、たとえば近代の科学信仰の背後にも潜んでいるのだ。前田賢永は次のように「江戸の錬金術師」の文章を結んでいる。

薗倉瑞軒の学識は、誰にも知られず継がれず、後世に影響を与へる事もなかつた。近代科学に繋がりもせず、文明開化の潮流とも無縁であつた。然しである。まさしく江戸の錬金術師と呼ぶにふさはしい一個の怪人物が、慥《たしか》に在つた事だけは、兎《と》にも角《かく》にも疑ひ得ない。黒き山裾に埋もれ、ぽつり妖しき色の花をつける一樹のやうに、その姿は江戸の陋巷《ろうかう》に間違ひなく存した。ただそれ丈《だけ》の事だ、と云つてしまへば、ただそれ丈の事ではあるのだけれど。

桂跳ね

一

現在の地名で埼玉県入間《いるま》市車井《くるまい》町、日光脇往還に面して居を構えた菅原《すがわら》家は、十六世紀に近江から流れてきた薬種商を祖とする、代々名主を務めた豪農である。昭和五十三(一九七八)年、老朽化した屋敷を解体した際、納戸から古道具と一緒に多数の文書類が出てきた。寄贈を受けた市の教育委員会は、市役所OBの郷土史家・篠克己《しのかつみ》氏に保管整理を委託したが、篠氏の事情もあって長らく放置されていたものを、先頃、さいたま市にある樟栄《しょうえい》女子大学の船井健一郎教授主宰の歴史学教室が再調査し、『旧入間郡菅原家文書』と題して史料集に編み、写真版入りで冊子にした。

そこには天領、藩領、寺社領が複雑に入り組んだこの地域の、土地や水利の権利関係を示す書付、入間川の水運に関する証文、覚書、書簡等、近世社会史研究に益する史料が含まれるが、ひときわ興味を惹くのは、幕末から明治期に当主であった菅原惣左衛門《そうざえもん》の日録である。

天保十一（一八四〇）年に生まれ、明治四十（一九〇七）年六十七歳で卒した十一代菅原惣左衛門、幼名亘《わたる》、雅号香帆《こうはん》は、十六歳の頃から鬼籍に入る数年前まで、断続的ながら日録を記し遺した。一部をネット上に公開した船井教授は、幕末維新を経て近代化へむかう地方社会の姿を捉えるに恰好の史料であると付言しているが、まったくそのとおりだろう。明治維新の体制変革に武士ならざる地域指導者の果たした役割は年来評価されつつあるが、その点でも見逃せぬ史料といえる。

在地有力層の国家観や地方統治の実態など、『日録』が社会史史料として幅広い価値をもつことはまちがいないが、本稿で注目したいのは将棋に関する記述である。十一代菅原惣左衛門、菅原香帆は大の将棋好きで、明治期には農業経営に加えて肥料や木材の問屋業を営むかたわら、のちに十二世名人となった小野五平らと交流し、東京中央新報社が新聞将棋を掲載するに際して相談役をつとめるなど、棋界の動向に関与した。かれが遺した記録は、連盟組織が整う以前の、混沌期将棋界の歴史を窺《うかが》い知る一助となるものだが、それにもまして興味を惹くのは、菅原香帆の若年時代、将棋をはじめた頃の記録である。

江戸時代の将棋界は、家元として幕府の禄を食《は》む大橋家、大橋分家、伊藤家の三家によって統率された。献上された詰将棋の図式や、将軍や老中らの上覧にかかる御城《おしろ》将棋などの記録はいまに残るが、縁台将棋に代表されるような庶民の娯楽としての将棋、その裾野の広がりにはわからない部分も多く、この意味でも『日録』は興味深い。

菅原香帆#が将棋を覚えたのは十歳、飯能《はんのう》村の八幡社にあった剣術道場で教わったのが最初である。道場を主宰していたのは柳原専了《やなぎはらせんりょう》なる人物で、神社の境内に道場をたて、近在の百姓町家の子弟をおもにあつめて剣術を指南した。当地に限らず、一村を複数の旗本が知行する相給《あいきゅう》地が入り組み、権力の一円支配を欠いた地域は治安が不安定であり、自衛への関心が元来高かったが、幕末の騒然たる世情のなか、剣術熱はひとしお熾《さか》んであった。武家の出でない菅原香帆が柳原専了の道場に入門したことはだから不思議ではない。

それよりむしろ不思議に思えるのは、剣術道場で将棋を習ったことだが、これも理由は明快で、柳原専了が剣術の弟子に将棋を教えたからである。兵術の錬成の一環に将棋を数える発想は家康の時代からあり、将棋が囲碁とともに幕府公認の技芸となった根拠のひとつがそれで、剣術道場と将棋の結びつきはことさらに奇異ではない。

菅原香帆はたちまち将棋に夢中になった。十六歳から書きはじめられた『日録』の最初の方には、将棋についての記述が頻出する。なにより目を惹くのは棋譜だ。『旧入間郡菅原家文書』にも一部が写真版で収められているが、菅原香帆は手書きの棋譜を『日録』に記した。むしろ棋譜を記す目的で日録を書きはじめたと見ることさえできる。

しかしこれは驚きで、というのも、専門家が指す御城将棋のようなものをべつにすれば、棋譜を記す習慣は一般になかったからで、いまでも私的な対局を棋譜に残す人はほとんどいないだろう。十六歳の素人が自局の棋譜を記すのは大変に珍しい。柳原専了の指導があったのか、ほかの誰かに教わったものか、どちらにしても指した将棋を棋譜に起こすには相当の棋力が必要であり、実際遺された棋譜からは菅原香帆の実力のほどを窺うことができる。

棋譜は二種類あり、初期のものは九九式の数字譜ではなく、いわゆるいろは譜である。八十一枡にひとつずつ、「いろはにほへと」にはじまり「一」「三」「五」「百」「花」「鳥」「春」「楓」「森」などの文字を振ったいろは譜は、御城将棋でも使われた記譜法である。途中からは、やや変則ではあるが、現在の九九式に近い形に変わる。細かな筆文字が几帳面に並ぶ棋譜は写真版でも確認できる。

『日録』に残る棋譜は、全部で三十二あり、いちばんはじめが安政三（一八五六）年丙辰《ひのえたつ》の一月十九日。最後が明治三十五（一九〇二）年壬寅《みずのえとら》の六月二十四日。およそ四十五年に亘《わた》っているが、大きく二つの時期に偏る。はじめて棋譜を記した安政三年一月から安政五年七月までと、明治二十三年から三十五年までの期間である。

後から眺めれば、家業は全般に順風だったとも見えるが、幕末から明治の変動期、多くの豪家が没落の憂き目に遭うなか、将棋どころではない時期が菅原香帆にもあった。『日録』は明治期の一部（七年から十四年）に欠落があり、その間のことはわからないのだけれど、明治二十三年は菅原香帆五十歳、家督を長男に譲り、一息ついたところでかつての将棋熱が再燃したと想像するのは、そう的外れではないだろう。来訪する職業将棋指しの面倒を見たり、小野五平と交流しはじめたのもこの頃からで、将棋は隠居暮らしの愉しみだったにちがいない。この時期の棋譜に記載された対局相手の名前はさまざまで、小野五平から飛車落ちで教わったりもしているが、これとは対照的に、初期の十六歳から十八歳の棋譜は、対局相手はひとりに限られる。「諒《りょう》四郎《しろう》」――と記された人物がそれである。

＃　菅原亘が家督を嗣ぎ、十一代菅原惣左衛門となったのは文久二（一八六二）年、二十二歳のとき、香帆の雅号を用いたのは五十歳を超えた晩年であるが、以下の記述では原則、香帆で一貫する。

二

諒四郎とは村中諒四郎、徳川御三卿のひとつ、一橋家の家臣である村中貞勝の三男で、菅原香帆とは同い年の幼なじみであった。郡内に知行地を有する一橋家の代官所に村中貞勝は在勤していた。ちなみに柳原専了も同じく一橋家中から地元豪家へ養子に出た人物である。この時代、道場によっては身分に厳格なところもあったが、柳原道場はそうではなく、菅原香帆と村中諒四郎は共に道場へ通い、切磋琢磨《せっさたくま》する仲であった。

諒四郎は十八歳で旗本酒井摂津守の家臣、高田昌家の養子となり、高田諒四郎兼家《かねいえ》となる。同時に入間郡からは離れたが、菅原香帆とは書簡のやりとりを通じて友誼を維持した。面白いのはふたりがのちにいう郵便将棋を指していることだ。インターネットが普及した現在、通信を介した対局は一般化した、どころか顔を知らぬ相手との対局が主流になる気配さえあるが、かつては遠距離にある者同士が将棋を指すには、手紙や葉書のやりとりで一手ずつ指し進めるしかなかった。これはそうするよりほかに手段がない、というより、一局に数ヵ月を、ときには数年をかける悠長さ自体に興趣があるので、いまでもごく少数の愛好者はあるだろう。ふたりの郵便将棋は一局のみで、それも中途で終わっているのだけれど、安政五（一八五八）年十月から文久三（一八六三）年まで、約五年間にわたっている。これについてはまた後にかたることになるだろう。

ペリー率いる米国艦隊が浦賀に来航した嘉永六（一八五三）年に菅原香帆と諒四郎は十三歳、安政七（一八六〇）年、桜田門外で井伊直弼が水戸の浪士に討たれた年が二十歳、旧体制が衰滅に向かう騒然たる世情のなか、政治の季節の到来に、憂国の至情を抱く青年らは熱風に巻かれた。高田諒四郎もそのひとりであり、尊攘の熱誠やみがたく、いわゆる草莽《そうもう》の志士となって活動した。その姿は『高田兼家伝』に描かれている。

菅原香帆の筆になるこの書物は、明治二十四（一八九一）年に私家版で上梓された。香帆はそのときはじめて使われた雅号である。『高田兼家伝』は篠克己氏が昭和五十二（一九七七）年に『埼玉県史学誌』で紹介した。篠氏は鬼籍に入られたが、『旧入間郡菅原家文書』を通じてその存在を知った筆者が船井教授に問い合わせたところ、篠氏の遺族が保管していたものを譲り受けたとのことで、大学研究室を訪ね、公開されていない『日録』の部分と併せ、写真に撮らせていただいた。#

「紙に刻せし墓碑銘」と跋文《ばつぶん》に記された和綴の冊子には、維新史に新たな光をあてるような内容はない。けれどもかつて篠氏が紹介文で述べたように、維新の動乱に身を投じた下級武士の心情をいまに蘇らせてくれる面がないのではない。

明治維新を革命と捉えた場合、犠牲者が著しく少なかった点に特徴があるといわれる。フランス革命やロシア革命に比した場合、なるほどその数の僅少さは際立つ。とはいえ犠牲がなかったのではない。その多くは下級武士であった。これもしばしば指摘されるところであるが、明治維新は奇妙な革命であり、というのも、革命を主導した武士層が革命後に姿を消したからである。武士身分は明治維新とともに消滅した。自らを歴史から抹消すべく奮闘したようにすら見えるかれらが何を思い、何を願い、何を求めていたのか。歴史の映写幕《スクリーン》に描かれる無数の魂の軌跡、そのひとつの典型像を描くものとして、『高田兼家伝』には価値があると篠氏は解説している。

高田諒四郎が没したのは文久三（一八六三）年。享年二十三。跋文によると、菅原香帆が紀伝を執筆したのは、それから二十余年後の明治二十三（一八九〇）年。家業から退いて時間に余裕ができたことがあったのだろう。

高田兼家、諱《いみな》篤弘《あつひろ》、通名諒四郎、旧姓村中、天保十一年庚子《かのえね》、武蔵葛飾郡木ノ蔵にて、父村中貞勝、母薙谷《なぎや》氏佳代《かよ》の四子として生まる。齢八ツにして入間郡高戸村に移れり。

このように本文を書き出す菅原香帆の筆致は、『日録』と同様、文学的修辞なく淡々として、菅原香帆の几帳面で実務家然とした性格が表れているが、書き手の心情の吐露のほとんどない、硬質で無味な文章の奥から、旧友への哀悼と友情の熱が滲み出る印象はある。船井教授は近々ネット上に掲載する計画をお持ちだそうで、いずれ全貌が見られるはずだが、以下では、なるべく将棋に関する話題に限って、菅原香帆の遺した紀伝と『日録』に拠りながら、幕末を生きた将棋好きの青年らの軌跡を追ってみたいと思う。まずは『日録』に残る二人の棋譜を眺めてみよう。

『日録』については、樟栄女子大学国際教養学部助教の山本萌香さんがデータ化を進めておられ、内容の読み取りおよび検索に協力いただいた。

三

菅原香帆と諒四郎の対局棋譜は全部で十四ある。最初が安政三年一月十九日、最後が安政五年七月十八日である。判読不能なものもいくつかはあったが、菅原香帆のていねいな筆遣いのおかげで、ほとんどは十分に読み取れる。

これらはふたりが十六歳から十八歳の時代のものであるが、共に柳原道場に通い将棋を習った両者は、もっと早くから対局していた。『高田兼家伝』には、葛飾郡から当地へ居を移した高田兼家すなわち諒四郎が、八歳で柳原専了の道場に入門し、鏡新明智流の剣を習うとともに、柳原師の下、山鹿流兵学を学び、また将棋を覚えたとある。諒四郎はたちまち頭角を顕し、十三歳になる頃には、剣術は大人顔負けの腕前となり、座学についても年長の入門者に講義をするまでになっていたという。

将棋は二月に一度、道場で「将棋戦」——将棋の会があり、「段」「中」「初」の三階級に分かれて門人らが対戦し、優勝者に褒美が与えられた。諒四郎は十歳のときに「中」で優勝して「段」に上がり、十三歳の頃には無敵となった。菅原香帆が入門したのが十歳、はじめは諒四郎との実力差は大きかっただろう。『高田兼家伝』のなかで、菅原香帆は自身については必要最低限しか言及していないが、やがて剣術でも将棋でも好敵手になっていったと想像される。

十六歳のとき、菅原香帆ははじめて諒四郎に将棋で勝っている。その対局こそが『日録』の冒頭に置かれた棋譜である。これは安政三年一月十九日の道場の将棋会での対局で、菅原香帆が「段」で優勝した。

辰の刻より将棋戦。午刻に終はりて、門弟ら餅をつきて食ふ。余、段にて一位。庚戌《かのえいぬ》より諒四郎と戦ひて、初の勝ち也。師よりあふぎをたまはる。

『日録』の最初の筆が右の一文である。文中の庚戌は嘉永三（一八五〇）年、ふたりは十歳、菅原香帆が入門した年だ。そのとき両者ははじめて対局し、それからどれほど盤を挟んだのかはわからぬが、菅原香帆は一度も勝てなかった。それが十六歳になったこのときの「将棋戦」ではじめて勝利し、優勝して賞品の扇子を与えられた。菅原香帆はよほど嬉しかったのだろう、棋譜をつけて勝利の余韻に浸ったものと想像される。

『日録』にはそれからしばらく、諒四郎が菅原香帆の家に来て、将棋を指したことが記される。負けたのが悔しくて諒四郎が再戦を望んだのだろうと思うと微笑ましい。この安政三年から五年にかけては、二人は頻繁に盤を挟んでいる。週に三日四日諒四郎が訪れてくることもあり、日に二度の場合さえあって、来ればたてつづけに何局も指している。棋譜にしているのは道場での対局に限られ、次の三月十七日の「将棋戦」では、やはり菅原香帆が勝って優勝、五月十九日は高田諒四郎が一矢報いている。ふたりの対戦は、安政五年九月、諒四郎が高田昌家の養子になって江戸へ出る直前までつづいた。諒四郎が発つ前日にもふたりは徹夜で対局している。

夕刻諒四郎来りて、三番指す。孰《いづ》れも余の勝。諒四郎一度帰りて、夕餉《ゆうげ》の後、再び来りて指す。又も余の勝也。面をあかく染めし諒四郎、常の如く、ものもいはずに駒を打ち並べ、夜通し戦ひて、つひに引き分く。はなむけに勝を譲れるにやと諒四郎笑ひて、晨旦《しんたん》に到てやう〳〵辞去す。鎮守まで送りて、来春に再戦して決着すべしと約し別る。

夕方に来て指して一番も勝てず、夕飯を済ませてからまた来て指し、負けて顔を紅潮させ、黙って駒を並べたというあたり、諒四郎の負けず嫌いの様子が窺えて可笑しい。「晨旦」は早朝、徹夜してついに星を分け、餞別《せんべつ》に勝ちを譲ってくれたのだろうと笑って諒四郎はようやく立ち上がった。江戸に発つ日の朝まで将棋を指したのは、熱くなったからだけではない、別れ難いものを感じていたのだろう。

ふたりは好敵手であり、生涯の親友であった。『日録』に残る棋譜によれば、柳原道場の「将棋戦」では、両者は十四局指して、菅原香帆の八勝六敗。優勝者は菅原香帆か諒四郎のいずれかであり、ふたりの力は突出していた。高田諒四郎が江戸へ去って以後の「将棋戦」に菅原香帆は出場していない。これはかれが兵学と将棋については師範格になったからである。将棋を指すのも道場で人に教える機会に限られるようになり、好敵手が去って熱を失った面もあるのだろうが、なによりは家業に専心しなければならなくなったせいだろう。

菅原香帆は長男で、男きょうだいはなく、家には使用人を含め将棋を指す者はなかった。父親は息子が将棋を指すことを快く思っていなかったらしい。柳原道場でこそ将棋は兵学の一部門に位置づけられていたが、博打と同列に見なすのが世間一般の感覚であり、勝負に金品が賭けられるのは普通のことで、それは真剣師と呼ばれる将棋指しが活動した昭和時代にも残存していた。競技麻雀なるものにどの程度の広がりがあるのかは知らぬが、麻雀で賭けがなされるのはいまも通例と思われ、それと似た感覚だと考えられるかもしれない。柳原道場の将棋会には賞品があったが、菅原香帆と諒四郎が賭けて指した様子はなく、ふたりが将棋というゲーム自体の面白さに惹かれていたことがわかる。棋力が拮抗していたことも興趣を高めていたのだろう。

ここで棋譜に残るふたりの対局ぶりを眺めてみよう。# 面白いのは、何事につけ冷静で用心深いと見える菅原香帆が烈しい攻め将棋である点だ。逆に高田諒四郎は受け将棋、でもないのだろうが、菅原香帆が先に攻めてくるために、ほとんどが受ける展開になっている。双方が烈しく攻め合う将棋も二、三はあるが、あとはだいたい右のようである。

「桂の高跳び歩の餌食」なる格言がある。「居玉は避けよ」ともいう。菅原香帆はそんな格言など知らなかったのだろう、ほとんどの将棋で、先手後手を問わず居玉のまま銀を繰り出し、早々に桂馬を跳ねる将棋を指している。素人臭いといえばそのとおりであるが、わずかなりとも隙があれば、たちまち勝勢にもちこむ攻めの鋭さがある。菅原香帆がはじめて勝った「将棋戦」の将棋でも、初手に角道を開け、三手目に桂馬を跳ねて、後手の8

四歩にいきなり6五桂としている。これはいわゆる「鬼殺し」と呼ばれる奇襲戦法である。「鬼殺し」が世に知られたのは大正時代のようだから、独自に工夫したのだろう。この対局では奇襲が功を奏し、六十九の短手数で先手が勝利している。

二つ目の三月の「将棋戦」の棋譜は、菅原香帆後手で、やはり居玉のまま六手目に桂馬が単騎飛び出し、角桂と銀の交換の駒損ながら烈しく攻め、乱戦の末、百二十二手で菅原の勝ち。五月の会は、先手菅原香帆の攻めを後手諒四郎がうまく受け止め、先手指し切り模様となって後手の勝ち。菅原香帆の攻め、諒四郎受けのパターンは、二、三の例外を除き一貫している。

居玉で桂馬を早跳びするのは、はめ手に近い奇策とされ、力のある相手には通用しないとするのが常識であり、職業《プロ》棋士の対局ではほとんど指されてこなかった。ことに平成の棋界では、玉形の堅さが重視されて、居玉での速攻はほとんど見られなかった。それが令和になって風向きが変わり、AIの影響もあってか、藤井聡太七冠#をはじめとする有力棋士が、居玉のまま仕掛ける、あるいは序盤に素早く桂馬を跳ね出す将棋を指しはじめた。玉の囲いに手をかけずに先行する策戦、あるいは跳ねた桂馬を犠牲にして敵陣の突破ないし弱体化を目指す策戦は、いまでは有力とされる。水準は異なるものの、菅原香帆が同じ感覚の将棋を指していたのは興味深い。

「来春に再戦して決着すべし」と『日録』にあるのは、諒四郎は年明けに里帰りするつもりがあったからだろう。しかしこの約束は果たされず、二人が再び相見えるのは五年後のことになる。

『日録』のいろは譜を数字譜に直す作業は、樟栄女子大学の笹本絵音《えのん》さんにお願いした。笹本さんには『日録』の読み取りにも協力いただいた。笹本さんは現在女流棋士を目指して研修会に在籍中である。
二〇二四年六月現在。

四

菅原香帆は文久二年、二十二歳で川越の生糸問屋の娘と結婚し、三男四女をもうけた。

一方の高田諒四郎兼家は赤坂の拝領屋敷に住み、漢学や算術を学ぶ一方、当時江戸三大道場のひとつに数えられた桃井春蔵の士学館に入門した。柳原専了が桃井の弟子であった流れからであるが、この選択がかれの運命を大きく変えることになった。というのは、士学館には土佐藩士が多く在籍していたからである。のちに勤王党を結成して、土佐の藩論を尊王攘夷へと導いた武市瑞山《たけちずいざん》が一時期塾頭を務めたことから、蜊河岸《あさり》の士学館道場には、武市の薫陶を受け、その影響下にある者が土佐藩士に限らずあり、かれらとの交流を通じて、高田諒四郎もまた尊攘の熱風を魂に吹き込まれた。

高田諒四郎が養子となって江戸へ出た安政五年は、戊午《つちのえうま》の大獄、いわゆる安政の大獄の嵐が吹き荒れた年である。この時代、京にある帝《みかど》の政治的重量は日増しに大きくなっていた。勅許のないまま開港に踏み切った幕府への批判の声が高まるなか、将軍後継問題が絡んでの政治闘争の結果、勝利した彦根藩大老井伊直弼が尊攘派への弾圧を加えたのが安政の大獄である。水戸の徳川斉昭、一橋慶喜、福井の松平慶永らに対する永蟄居・謹慎処分をはじめ、橋本左内、吉田松陰、梅田雲浜といった尊攘の志士らが捕らえられ処刑された。しかしこれは井伊直弼が望んだ幕府権威の恢復《かいふく》には繋がらず、かえって反幕のエネルギーを増蓄する結果となり、京をはじめ各地の拠点に集結した勤王志士らの血気をいよいよ激《たぎ》らせることになった。その熱潮の噴出が、安政七年三月の桜田門外の変である。

水戸浪士らの襲撃で井伊直弼の首が斬り落とされた事件は、大きな衝撃となって列島を揺るがし、幕藩体制瓦解の流れはもはや押しとどめがたく、加速をつけて進行する。とはいえ歴史は直進するものではない。幕府は徳川家茂への皇妹和宮の降嫁などの策により、公武合体を通じて延命を模索していく。長州薩摩をはじめ、勤王を主導する雄藩も政治方針は揺れ動いた。曲折を重ねながら革新へと推移していくその過程で、下級武士らの果たした役割は小さくなかった——いや、むしろ、西郷、大久保、伊藤といった名前を挙げるまでもなく、かれらが維新を主導し、明治政体設計の主役となった事実は指摘するまでもないだろう。しかしその陰には、功成り名を遂げた元勲らの背後には、政治の濁流に翻弄され虚しく消えていった草莽の志士らの姿があった。

江戸へ出た当初の高田諒四郎は、養家のいいつけにしたがい、能吏たるべく修業に専心した。剣術は右に述べたとおりであるが、漢学は倉島彩雲《くらしまさいうん》について教えをうけた。おなじ赤坂の新町に住む倉島彩雲は、高田の一族の者で、五経を中心に正統的といえばいいうる古色の濃い学問を教授したが、学者としては凡庸であったらしい。倉島彩雲の名前が今日知られるのは、「赤坂の猫先生」としてである。猫好きの彩雲は常時十数匹の猫を飼い、子猫を拾って育てては近在の武家や商家に斡旋《あっせん》する、いまでいう保護猫飼育に似た活動をする傍ら、器量の良い猫を交配でもって育成するブリーダーとして名を馳せていたことが、佐島戯海《さじまぎかい》の『旧事漫録』をはじめ、いくつかの文献から知られる。高田諒四郎も猫は嫌いではなく、「高田兼家の倉島師の下へ繁く通ふは、学識を求むより寧《むし》ろ猫に会ふて愛でるが為」であったと『高田兼家伝』にも記されている。師の学問に飽き足らぬ高田諒四郎は、頼山陽の『日本外史』や会沢正志斎の『新論』などを、士学館で知り合った人間から借りて貪り読んだ。

算術算盤は千駄ヶ谷町に住む中垣《なかがき》太茂津《たもつ》に習った。高田諒四郎の養家は代々大身旗本酒井家の用人をつとめ、財政管理が主務であったから、必須の技能として算術算盤が求められた。算盤はともかく、高田諒四郎は算術には強い関心を抱いた。信州諏訪出身の中垣太茂津は、関孝和の流れを汲む和算家・和田寧《ねい》の直弟子で、円理——円や球に関する演算法の研究に画期をもたらした師の後を襲い、積分法を発展させるなどの業績を残した数学者であった。中垣師の薫陶を受けた高田諒四郎は、算術教本の定番である『塵劫記《じんこうき》』からはじめて、関孝和の案じた諸問題に挑み、立方体倍積問題に取り組んだりしている。

諒四郎が江戸へ移った直後から菅原香帆との書簡のやりとりははじまったが、自分はいまこのような算術の問題に取り組んでいると、諒四郎が書いて寄越したことが『日録』から知られる。ちなみに高田諒四郎の書簡は『旧入間郡菅原家文書』には含まれていない。すなわち菅原家に遺されていた文書中には存せず、その理由は後に述べることになるが、書簡の内容の一部は『日録』から推測できる。郵便将棋がはじまったのも、諒四郎が江戸へ発ってまもなくの、安政五年十月十四日付の書簡からであるとわかる。柳原道場の同輩に餞別の礼を伝えてほしいとの用件と、短い近況報告の後に、「先手　春歩　後手は如何に」と朱筆で記されていて、後日の返信に、菅原香帆はおなじく朱筆で、「後手　ら歩」と書いたと『日録』にある。いろは譜の「春歩」は「7六歩」、「ら歩」は「3四歩」、将棋ではよくある出だしである。当時の通信事情もあって、書簡のやりとりはさほど頻繁ではなかったものの、その後も郵便将棋が指し進められたことが、双方の指し手を菅原香帆が『日録』にいちいち記しているおかげでわかる。

算術の問題中では、将棋の手数に関する研究を諒四郎が書いて寄越しているのが面白い。ありうべき将棋の局面は無限か有限か。問いをたてた諒四郎は「手は無際限にはあらず」とした上で、可能な局面の数はどれほどであるかを計算した。書簡には具体的な導出の手順も書いてあったようだが、菅原香帆は結論だけを『日録』に記している。

有る限りの駒の布置、那由多より小ならずして、無量大数を超ゆる事はなしと諒は述ぶ。記されたる算法の道筋、余には辿り難し。さなる大数を弄じて興じるが怪し。

算術とは風狂の業とも見ゆるべし。（安政六年八月二十二日）

「那由多」は10の60乗、「無量大数」が10の68乗、これは将棋の実現可能な局面数として、ほぼ正しい数値といってよいだろう。計算の手順を諒四郎は詳しく書いて寄越したが、菅原香帆は理解できぬまま、こんな大きな数についてあれこれする諒四郎を呆れつつ可笑しがっている。

高田諒四郎には数学の才があった。そのことは師匠の中垣太茂津も認めていた。『高田兼家伝』にはこうある。

　高田兼家、算術に才あり。師の中垣太茂津、兼家の才を惜しみ、蕃書調所《ばんしょしらべしょ》にて算術書を学ぶべく取り計らひしが、兼家の云ふやう、吾は蘭語を知らず、蘭書を読む不レ能《あたはず》と。中垣師応じて曰く、数理書は他学の典書とは異なりて、旬日を経ずして読むは可なるべし、爾《なんぢ》、疾《と》くあたるべしと。兼家諾さず。師の推挙を固辞せり。

高田諒四郎の才能を認めた中垣太茂津は、幕府の洋学研究機関である蕃書調所に推薦した。諒四郎が蘭語を知らないから無理だというと、数学書ならばすぐに読めるようになる、いますぐ学びはじめるべきであると中垣はなおも薦め、しかし諒四郎はこれを固辞した。この時代、洋学を学ぶことと、攘夷の志とは、一部の狂信的な論者を除けば、決して矛盾するものではなかった。攘夷の急先鋒であった長州藩は文久三年、下関で列強の艦船を砲撃した直後に、伊藤博文や井上馨らを英国留学に送り出している。高田諒四郎もまた西洋の文物を毛嫌いし遠ざけるがごとき偏狭な思想の持ち主ではなかった。菅原香帆は重ねて強調する。

高田兼家、算術に大才あり。産まれ落つる世の僅かに違《たが》へば、斯道の大家とぞなりにけむ。

生まれる時代が少しでも異なれば、高田兼家は数学の大家になっていたかもしれない。しかし、時代の熱が、烈しく渦巻く政治の潮が、静坐して洋書を繙《ひもと》き、数理の宇宙に夢遊することをかれに許さなかったのである。

五

高田諒四郎のいわゆる尊攘の志士として活動の端緒は、文久元（一八六一）年八月の土佐勤王党の結成である。江戸で土佐勤王党を立ち上げた武市瑞山は、血盟書を国元に持ち帰り、坂本龍馬ら郷士を中心に二百名近い結社同志を得た。直接の関わりはないものの、士学館道場のつながりから間近にこれに接した高田諒四郎は大いに触発され、憂国の熱誠已《や》みがたく、ついに志士として立つことを決意する。

文久二年四月、高田諒四郎は京へ向かった。表向きは上方遊学と伊勢宮参拝であったが、じつのところは、薩摩の島津久光上京の報を受けて、倒幕と攘夷に向けての挙兵をなすべく集結した志士らに呼応してのことであった。

このとき土佐藩からは、翌年に天誅組の乱を起こす吉村虎太郎らが、脱藩して京へ上ってきていた。吉村らは久坂玄瑞を頼って大坂の長州藩邸に入り、薩摩軍の来京を待った。士学館でつながりのあった者を通じて、吉村虎太郎の面識を得た高田諒四郎もまた長州藩邸の門を潜り、同邸に集結していた清河八郎、平野国臣、真木和泉といった、筋金入りの尊攘志士たちと肝胆相照らした。

ところが、志士らの輿望《よぼう》とは裏腹に、島津久光の上京目的は討幕ではなかった。むしろ公武合体の実を挙げることにかれの本意はあり、寺田屋に潜む薩摩の過激派を討たせるなどして、挙兵の夢を打ち砕いた。尊攘の志士らは再び雌伏を余儀なくされた。

捕縛されて国元に送還される者、逃亡潜伏を強いられる者があるなか、遊学の体裁の高田諒四郎は咎めを受けることなく、伊勢を回って江戸へもどり、しばらくは平生の明け暮れを繰り返していたが、短いながら交わりを得た勤王志士らへの傾倒は日を重ねるごとに強くなった。とりわけ吉村虎太郎には尊崇の念を抱き、行動を共にしたいと願ったが、吉村は土佐に送還され獄に繋がれていた。高田諒四郎の思慕はしかしなお已《や》みがたく、直接書簡を交わすことはできなかったものの、士学館を通じて吉村虎太郎およびその周辺との連絡は保ちつづけた。

この間の政情について見れば、島津久光の主導した公武合体策は一定の実を結び、文久三年三月には、孝明天皇が上洛した将軍家茂に政務委任の勅諚を授け、家茂や将軍後見職となった一橋慶喜らを率いて賀茂神社へ攘夷祈願の参拝を行った。政治の重心はすでに朝廷の側へ大きく傾いていた。禁裏の意嚮《いこう》はあくまで攘夷であり、同年四月二十日、将軍家茂は五月十日を攘夷実行期限とすると上奏した。攘夷派が勢いを増すにしたがい、京では佐幕派への襲撃が相次ぎ、各藩で安政の大獄や寺田屋事件で下獄していた者への赦免が行われて、吉村虎太郎もまた獄から放たれ、再び活動を開始する。

八月十三日、久留米藩士真木和泉の献策を受けた攘夷急進派公卿の企謀により、帝の大和行幸の詔勅が発せられる。これは春日社および神武天皇陵への参拝を契機に、神武建国の大御心《おおみごころ》に立ち返り、諸侯諸士を鳳輦《ほうれん》の直下に纏《まと》め、天皇親征の攘夷軍を組織して、倒幕にまで一気に駒を進めようとの目論見であり、尊攘志士らにとっては、昨年失敗した挙兵計画の再構築であった。

これより早く、真木和泉を通じて策動を知った吉村虎太郎は、討幕軍の先鋒となるべく、過激派公卿・中山忠光を主将に担ぎ、同志らを糾合して方広寺に集結した。同勢を増し加えつつ京から大和へ向かった一隊は、八月十七日に五條代官所に討ち入り、討幕の狼煙《のろし》をあげた。天誅組と呼ばれたかれらは、代官所を焼き払い、五條御政府と称して五條の天領を占領した。

高田諒四郎が出奔したのはこのときである。かねてより吉村虎太郎一派と気脈を通じていた高田諒四郎が、天誅組の旗の下に馳せ参じることを決意し、赤坂の屋敷を飛び出したのが八月十三日。士学館に寄って人と会い、その日は板橋宿に泊して、翌朝、中山道からいったん川越街道に逸れたのは、寄り道をするためで、行き先は菅原香帆の屋敷であった。十四日の午前に高田諒四郎は菅原家を訪れ、そこから日光脇往還を八王子に出て、あとは甲州道中から中山道を一目散に京へ向かった。

高田諒四郎の寄り道の目的は軍資金の調達であった。蹶起《けっき》の志士らは豪家に支援を求めた。全財産を天誅組に提供した淡路島の庄屋・古東領左衛門のごとく、勤王の志に共鳴し、進んで財貨を拠出した例もあれば、脅されて仕方なくそうした場合もあった。菅原香帆と高田諒四郎の関係からして、前者に近いと考えられるが、『高田兼家伝』では、菅原香帆はさらりと筆を流している。

京より蹶起《けっき》を促す書面の届きし翌早暁、不孝を養父母に謝し、門前に向かひて深く拝礼したる高田兼家、赤坂の屋敷を発し、士学館にて旧知に会ひたる後、其日は板橋宿に泊す。次日、板橋より脇往還へ外れ、入間へ向ひき。菅原惣左衛門より戦費の醵《きょ》出《しゅつ》を求めしがゆゑなり。資を得たる兼家、深く謝して笠の紐固く結び、八王子を経て、一路京を目指しけり。

蹶起を促された諒四郎が断りなく義士の群に身を投じることはたしかに「不孝」であった。しかしながら「不孝を養父母に謝」する心持ちにどれほどの深さがあり、高田諒四郎のなかで「忠」と「孝」がいかに葛藤していたのか、『高田兼家伝』の記述から知ることはできない。それどころか、五年ぶりに会った幼な友達を菅原香帆がいかに迎えたか、ふたりがどのような会話を交わしたのか、それも右の短文からは窺えない。

自身を「菅原惣左衛門」と表記する紀伝の文体が、そうした小説的細部を削ぎ落としたのだろう。菅原香帆が『高田兼家伝』を草したのは明治二十三（一八九〇）年。人は齢を重ねるにしたがい、余生の黄昏のなかで過去を夢のごとくに感じるようになるものだ。多くの同時代人にとって、維新以前の時間は夢に似た何かと感じられていただろう。菅原香帆はしかし夢に惑溺することなく、少なくともかれが直接に知るところについては、二十余年の星霜《せいそう》に洗われた出来事の、堅牢な骨格だけを、「紙に刻せし墓碑銘」に遺した印象がある。

一方の『日録』はどうであろうか。高田諒四郎の来訪の記述はこちらにもある。「夢」のただなかで書かれたその文章は、同じく簡直ではあるけれど、銘文とは異なる生きた時間の手触りをわずかながらに伝えてくれる。文久三年八月十四日の記述を見る。

六

終日霽《は》れて早暁より蝉噪《さわが》し。四ツすぎ、裏木戸をくぐる者あり。家人怪しみて誰《すい》何《か》せば、旅装の諒四郎なり。京へ向かふ途次なりといふ。じんじやうの他出にはあらざるか。諒、路銀を借りたしと請ふ。手元にある限りを与ふ。諒の里を離れしは戊午の年なれば、いま五歳を経たり。容子はさほど変らずにはあれど、稍《や》痩せしかと見ゆる。

四ツは午前十時前後、裏木戸から入ってくる者があって、誰何すれば旅支度の諒四郎であった。京へ向かう途中だという。只の旅行ではなさそうだと菅原香帆は推測したふうに書いているが、蹶起への参加を目指してのことだと、即座に理解しただろう。それより以前、憂国の赤心と行動への決意を縷々《るる》述べた手紙を諒四郎から受け取っていたことが『日録』の記述からわかるからである。菅原香帆自身はことさらに政治活動には関与しなかったけれど、時代の子として勤王に心を寄せていたのはまちがいなく、幼な友達の行動にも共鳴していた。諒四郎が離郷してからのことであるが、菅原香帆は川越に住む岸川義秀《きしかわよしひで》なる医家と交際をはじめたが、この人は平田篤胤の門流を汲む、水戸の志士らともつながりのある国学者であり、その影響を被ったとも推測される。

菅原香帆は高田諒四郎に資金を提供した。「戦費の醵出《きょしゅつ》」ではなく、「路銀を借り」となっているのが、ふたりの関係を示しているだろう。この時点で菅原香帆は家主となっていたから、自由になる金銭はあった。五年ぶりに会って、顔つきに変化はないが、少し痩せたようだと記すあたりに、幼な友達の決断を後押ししながら、その身上を心配する心持ちが顕れていると思える。

さすがにこの日の『日録』は長く書かれて、この後、気がせくらしい諒四郎は中食《ちゅうじき》も断り、小半時もせぬうちに出立した、とつづく。去る前に諒四郎はひとつのことを要請した。とは、書簡の焼却であった。これはやや杞憂の気味はあったけれど、菅原香帆に累が及ぶのを懸念してのことであった。菅原家文書に高田兼家の書簡がないのはこのためである。高田諒四郎は手紙が庭で焼かれるのを見届けて出発した。

鎮守迄《まで》送りて、道々云ひたき何事かはあるべきと思ふに、舌の重くなるやうなりて云へず。諒は寡黙の漢《をとこ》なり。杉木立に蟬声を聞きて歩む。タキセの小橋に至て、頃日将棋を指すことはあるか、と問へば、諒答へて、あらず、相手もなきがゆゑに、と云ひしのち、さにあらず、亘《わたる》と今なほ指し継ぐにあらずやと笑ふは、文にての将棋の事なり。しばし沈思の後、諒、夏桂と口にす。諒の忘れずにありしをうれしく思ひて、余、稍《やゝ》考へし後、六歩と応じ、桂馬に八艘飛びされてはならぬゆゑと付したり。（傍点筆者）

五年前と同じく鎮守まで送った。いうべきことはあるはずだと思うのにいえず、諒四郎も寡黙な男であるから、二人でただ杉木立に蟬が鳴くのを聞きながら歩いた。小川にかかる橋まできたとき、菅原香帆は口を開いて、近頃は将棋を指すことはあるのかと訊いた。指さない、相手もいないと答えた諒四郎はすぐに、いや、違う、亘と手紙で将棋を指しているではないかと笑い、少し考えた後、「夏桂」と指し手を口にした。

二人の郵便将棋がはじまったのが、諒四郎が養子となって江戸へ移った直後の安政五年十月、それから五年の間に、やりとりされた手紙は二十五通。ふたりは出入りの商人や江戸に店《たな》を持つ材木問屋に書簡を託したようだが、当時の通信事情を勘案して、二十五を多いと見るか少ないとするか、いずれにせよ往復する文には、一度の例外を除いて将棋の指し手が書かれて、郵便将棋が継続されていたことが『日録』からわかる。菅原香帆はこれを楽しみにしていた。

ちなみにこの五年の間に、菅原香帆は四度、所用ないしは遊山で江戸へ出ているが、高田諒四郎には会っていない。一度は赤坂の屋敷を訪ねたが、諒四郎は他出中ですれちがった。

菅原香帆はこの不意の来訪から二旬を遡る、七月二十二日に諒四郎から書簡を受け取り、そこには先にも述べたように、近々出奔して尊攘の結社に参ずる旨を仄めかす内容が書かれていたが、将棋の指し手はなかった。一度の例外というのがこれである。「外夷《ぐわい》迫りて本朝の危殆《きたい》に瀕する時節、将棋どころではあるまじく」と菅原香帆は『日録』に書いているが、やはり寂しかったのだろう、「諒の忘れずにありしをうれしく思」ったのはそのせいであった。

郵便将棋は、先手諒四郎で、二十四手目まで進んでいた。指されるべき二十五手目を諒四郎はいま口にしたわけである。いろは譜の「夏桂」は「7七桂」。左の桂を使おうとの手だ。これ対して余――菅原香帆は「六歩」すなわち「6四歩」。菅原香帆がいうように、桂馬が「八艘飛び」に五段目へ跳ね出るのを事前に防ぐ手である。将棋は中盤にさしかかる難所で、先手の桂跳ねは、攻めるぞ、と宣言する手であり、これをあらかじめ受ける後手の歩の突き出しは自然である。

この将棋は、後手の菅原香帆が珍しく振り飛車にして、やはり郵便将棋を意識したのか、じっくりした展開を目指している。角筋を止めて飛車を四間に振る将棋は、後年の隠居後の棋譜に多く見られるもので、あるいは中途で断ち切られた諒四郎との将棋を懐かしむ――とも単純にはいえぬ心持ちにおいて、晩年の菅原香帆は四間飛車の戦法を繰り返し採用したのではないかと想像させるものがある。諒四郎も息を合わせて落ち着いた手で応じているが、ここで守備側の桂跳ねは波紋を呼ぶ一手であった。

次手はいかにも指し難し。よく〳〵考へるべし。心長くして文を待つ、と余のいへば、諒、うなづきて往く。二本木の辻に姿の消ゆる迄見送る。空の青く澄みて、白雲が日に光れり。

次の手は非常に難しい、よく考えたほうがよい、気長に手紙を待つと菅原香帆がいうと、諒四郎は頷いて去った。辻に消えるまで見送れば、青く澄んだ空で白雲が輝いていたと、珍しく文学的な一文には、幼な友達の前途を祈り祝福する気持ちが顕れているだろう。

だが、天誅組に加わった高田諒四郎の運命は、祝福すべきものにはならなかった。

七

天誅組が五條代官所を攻めた翌日、京で政変が起こる。そもそも天皇の大和行幸とこれにつづく攘夷親征は、長州と結ぶ三条実美ら急進派公卿の企謀によるものであり、孝明天皇の意に沿うものではなかった。天皇は短兵急な攘夷戦争を望まず、徳川将軍への政務委任を停止するつもりもなかった。八月十八日未明、会津と薩摩の藩兵を中核とする軍勢が禁裏の諸門を封鎖し、長州藩士および急進派公卿を排除した。失脚した七卿は長州へ落ちた。これがのちに八月十八日の政変と呼ばれたものであるが、この結果、朝廷の実権は公武合体派が握ることになり、大和行幸および攘夷親征の詔勅は偽勅とされた。天誅組の行動の正統性は失われ、むしろ逆賊として討伐の対象となる。

天誅組を含む討幕派は、これを「君側の奸《かん》」の策謀であるとし、徹底抗戦の構えを見せたが、急進派七卿が長州藩の保護を得たのに対して、天誅組は大和で孤立した。初発には勤王の伝統をもつ十津川郷士の加勢を得、天険たる十津川郷に籠城する戦術をとるなどしたが、主将の中山忠光を叛臣とする令旨《れいじ》が朝廷から下されるに及んで、十津川郷士は離れ、他にも離脱者が出て、わがまま公卿中山忠光の統率力の欠如もあり、必ずしも戦意横溢ではない諸藩の追討軍と戦う天誅組は内部から崩壊した。

挙兵からほぼ一月後の九月十五日、中山忠光は天誅組を解散して、大坂へ脱する。九月二十七日、中山忠光がごく少数の供の者と大坂の長州藩邸に到着する一方、他の隊士らは大和の山中で戦死し、あるいは捕らえられて斬首された。吉村虎太郎も同じ二十七日、吉野の鷲家口《わしかぐち》で銃撃を受けて死し、ここにおいて天誅組の蜂起は終結した。賊徒となった吉村虎太郎らの首は京で獄門台に晒された。長州藩に保護されて下関に潜伏した中山忠光は、翌年十一月、藩内の政治情勢の変転下に暗殺された。維新を超えて生きのびた天誅組隊士は、ほんの数名を数えるだけであった。戊辰の役に五年先立つ天誅組の蜂起は、早すぎた挙兵であった。

こうした情勢下、高田諒四郎の行動については、長らく不明であった。吉村虎太郎と共に梟首《きょうしゅ》された十二名の志士に高田兼家は含まれず、中山忠光につきしたがって大坂に脱した久留米藩士・半田門吉の『大和日記』など、天誅組について同時代に書かれた史料にも高田兼家の名前はない。これは諒四郎が天誅組に加わるに際して変名を用いたせいでもある。坂本龍馬の才谷梅太郎や西郷隆盛の菊池源吾などが有名であるが、幕末志士らの多くが変名を使った。高田諒四郎が同じくしたのは養家に迷惑をかけたくないとの思いからだろう。実際に高田家では、天誅組事件の直後、べつの養子縁組を進め、病気を理由に兼家の廃嫡を主家に届け出ている。

維新後、天誅組の事績は忘れられた。高田諒四郎兼家もまた歴史の闇中に消え去った。幕末から維新にかけて京や江戸で生起した諸事件に諒四郎の影がよぎらぬか、菅原香帆は注意していたはずだが、天誅組事件を含め『日録』に言及はない。

元治元（一八六四）年に柳原専了が没した。武芸道場も閉鎖され、しかし菅原香帆はその後も道場の同輩と会っており、そんな折に諒四郎の噂が出たと想像されるが、『日録』にはなにも書かれていない。明治元（一八六八）年十一月二十四日の条には、諒四郎の実家である村中家が駿府《すんぷ》に居を移したとの記述があるが、ここでも諒四郎の名前は出てこない。

『日録』は文字通り日々の記録であり、家業を中心に身辺の出来事でほぼ埋められて、世人の耳目を集めたであろう政治的事件の記述はほぼなく、あってもごく短く記されるにすぎない。幕末期の『日録』に登場する最大の事件は、慶応二（一八六六）年六月の武州一揆である。これは菅原家屋敷がうちこわしに遭うなど、自身が当事者であった以上は当然で、このあたりから明治初年頃にかけては、目まぐるしく変転する政治権力との折衝に、地域の指導的立場にあった菅原香帆が忙殺された様子が窺われる。

しかし菅原香帆は幼な友達のことを忘れたのではなかった。『日録』の明治十五（一八八二）年二月二日の条に諒四郎の名前が久しぶりに登場する。もっとも『日録』は明治七年から十四年までが大きく欠落している。したがって諒四郎の名前を紙面に記すこと自体が菅原香帆にとって久しぶりであったかどうかはわからない――いや、その名前はすでに何度か記されていたはずで、そのことは二月二日の記述から推測できる。

午後、棟方氏より返書届く。三瀬桂太郎はやはり高田諒四郎であらうとの由。本村郁氏も同意見なりとも。夜刻、灯下にて再読三読し、暫《しば》し朧《おぼろ》となりて古《いにしへ》に思ひを馳せぬ。

「棟方氏」は棟方崇亮《むなかたたかすけ》、陸軍省の官徒で、天誅組の変に加わっていた元十津川郷士である。「本村郁《もとむらいく》」もおそらく同郷の人間だろう。そして「三瀬桂太郎《さんぜけいたろう》」こそが高田諒四郎の変名である。つまりは天誅組の蜂起に際して諒四郎と行動をともにしていた人間に問い合わせの手紙を書き、三瀬桂太郎が高田諒四郎であろうとの返事がきたというわけである。ここからは憶測が混ざり込まざるをえないのであるが、菅原香帆はどこかで三瀬桂太郎の名前を聞き知り、諒四郎の変名だと考えたのではないか。「三瀬」は諒四郎が育った入間郡高戸村の字《あざ》の名称である。これに桂太郎となれば、おやと思うのは当然である。菅原香帆は高田諒四郎の風体や容姿その他を記した手紙を棟方崇亮に出し、右の返信をもらった。「朧となりて」の表現は面白いが、思わずわれを忘れて昔の事どもを回想したのだろう。

菅原香帆が「三瀬桂太郎」の名前に遭遇したのは、明治政府による天誅組の再評価とおそらく関係がある。維新後忘却されていた天誅組は、明治十年代に至り、維新の魁《さきがけ》であったと顕彰され、名誉回復のなされた隊士らは靖国神社に合祀された。棟方崇亮は天誅組の名誉回復に尽力した人物のひとりである。棟方は後に陸軍省を辞めて玄洋社に加わり、日露戦争後には大阪で国粋団体を立ち上げて、機械製造の企業を経営する傍ら、『皇道日本』なる雑誌を発刊した言論人でもあった。

どちらにしても「三瀬桂太郎」が諒四郎であると確信した菅原香帆は、天誅組の調査を独自に開始した。逆賊からの名誉回復がなって、遠慮をする必要がなくなったからだろう、関係者に手紙で問い合わせ、あるいは直接会って情報を求めた。とはいえ出来事から二十年の星霜を経て、隊士のほとんどは死去しており、調査は容易ではなかった。菅原香帆もまだ引退前であったから、余力も時間も多くはなかった。それでも粘り強く調べを進めて、中山忠光と共に長州へ逃れ、後に戊辰戦争に参加して、維新後秋田県令などを歴任した石田英吉や、吉村虎太郎と一緒に梟首《きょうしゅ》された那須信吾の甥であり、天誅組隊士の顕彰に尽力した伯爵田中光顕に会って働きかけるなど、幼な友達の名誉回復にむけた運動をはじめた。『高田兼家伝』を執筆出版したのも、運動の一環だったと考えるのが正しいだろう。

明治二十六（一八九三）年、努力は実り、高田諒四郎兼家は靖国神社に祀られ、維新に挺身した義士の列に加えられた。同時に菅原香帆は地元の宗光寺に高田諒四郎兼家の墓と顕彰碑を建立した。

明治二十七（一八九四）年、天誅組終焉の地である鷲家口《わしかぐち》に隊士らの墓が建立され、翌二十八年には、田中光顕、山縣有朋などが参列して、吉野の宝泉寺で三十三回忌の法要が行われた。高田兼家はここには祀られてはいなかったけれど、菅原香帆は棟方崇亮と共に参列している。天誅組の戦跡をめぐることは菅原香帆の所願であり、これを機に当地を訪れたのだろう。大和はかつてほど遠い地ではなくなっていた。

大和路を旅する菅原香帆は、苔むす山々に兵どもが夢の跡を追い、仄暗《ほのぐら》い木下陰に、奇岩に筋を曳く清流の辺に、鹿鳴響く白霧の草原に、幼な友達の面影を求めただろうか。それは史跡に立つ旅人がするのとおなじ、物語中の人物に夢想の触手を伸ばす経験であったかもしれない。

ところがである。この旅の途次、菅原香帆は、夢の霞の奥から、亡き友の、幻ではない、たしかな姿が浮かび上がるのを見ることになったのである。

八

棟方崇亮は『高田兼家伝』に跋文《ばつぶん》を寄せているが、菅原香帆が紀伝を編むにあたって、大和での高田諒四郎については、棟方の証言にそのほとんどを負っていると考えられる。棟方崇亮は、八月十八日前後に十津川郷士のひとりとして挙兵に参じ、天の川辻の本陣に着してから、「三瀬桂太郎」と行動を共にする時期があったと跋文に記している。『高田兼家伝』から少し引いてみる。

天乃川辻に着陣せし天誅組、千余名の十津川郷士を加へて意気高く、主将中山忠光卿の下に隊の編成を改む。高田兼家、吉村虎太郎率ゐる隊に加はる。二十六日、天誅組、高取城を攻む。城難攻にして陥ちず。天誅組五條へ退き、暮れるを待ちて吉村隊のみにて夜襲をかけたり。これぞ高田兼家の初陣なり。

十津川郷士を加えて天の川辻に陣を構えた天誅組は、軍を整え、諒四郎は吉村虎太郎の部隊に加わった。八月二十六日、中山忠光率いる本隊が高取藩の藩庁である高取城を攻撃した。今日明らかな史実によれば、吉村虎太郎の隊は郡山藩兵の到来に備えて御所《ごぜ》方面に向かい、最初の攻撃には参加していない。本隊は高取藩兵との戦いに敗れて五條へ退き、同じ日に吉村虎太郎が再び高取城へ夜襲をかけた。高田諒四郎が吉村隊にいたとすれば、この夜襲がかれの初陣だとするのは史実に即している。

さらに史実を追えば、吉村隊の夜襲も失敗に帰し、本陣を転々と移したのち、天誅組は天の川辻まで退却する。別地での再起を図るべしとの意向を示した中山忠光に対して、吉村はあくまで当地で戦い抜く決意を表明した。統率の分裂混乱は離脱者を生み、ここにおいて天誅組は実質的に瓦解した。この後もしばらくは動員された諸藩の討伐軍に抵抗したものの、大義を失して孤立した段階で、そもそもまとまりを欠き装備も貧弱だった蜂起軍の命運は尽きていた。

『高田兼家伝』にはしかし、史実への視線はほとんどない。右の引用でも、吉村隊の夜襲の帰趨は書かれていない。中山忠光と吉村虎太郎の対立にも言及はない。菅原香帆が紀伝を執筆した明治二十年代、維新史研究は緒についたばかりで、情報が少なかったこともあるだろう。総じて出奔して以降の高田諒四郎を描くに際しては、虚構を編むことへのためらいは書き手にない。そもそも『高田兼家伝』では、兼家は八月十七日に京に着き、十八日の夕刻、桜井寺に陣を構えた天誅組に合流したとされている。しかしこれは明らかにおかしい。『日録』によれば、出奔した諒四郎が路銀を求めて入間へきたのが八月十四日。三日では京に着けない。『日録』の日付に誤りがないとすれば、これは著者の意図的な改変である。紀伝の筆は、史実よりむしろ、勤王の志士・高田兼家の忠勤ぶりと武功に力点を置く。

高田兼家、吉村虎太郎の隊にありて常に先鋒を務む。敵陣に躍り入りては敵武者の気を挫き、大刀を揮《ふる》ひて数多《あまた》の首級《くび》を挙ぐ。兼家、俊敏にして大胆。細心にして果敢。多勢の敵にも平然、畏《おそれ》を知らず立ち向かふは、さながら鬼神の如しといふ者あり。ある日は、並べ撃ちかくる洋式銃をものともせず、槍を揮ひて是を蹴散らし、また他日は、本陣に敵兵の迫る所、夜闇に乗じて是を襲へば、敵兵は算を乱して逃げ去りにけり。

吉村隊の高田兼家は数々の戦いにおいて先鋒を務め手柄を挙げた。数に勝る敵に臆せぬ勇猛果敢な戦いぶりは鬼神のごとくであったと『高田兼家伝』は記すのだが、「ある日」「他日」の書き方に端的に示されているように、具体性はない。再び史実を追えば、吉村虎太郎らは八月二十六日以降もいくつか戦闘を行い、九月九日には本陣に迫る彦根藩兵に対して夜襲をかけて撃退するなど、ささやかな勝利を得たりもしているけれど、高田兼家が実際にどのように活動したのかはわからない。

『日録』には、「三瀬桂太郎」が高田諒四郎であろうとの返書をもらった後、棟方崇亮に会い、神楽坂の料亭で酒食を共にしながら「三瀬桂太郎」についてあらためて訊ねたとの記述がある。吉村虎太郎の隊に所属した棟方崇亮は、同じ隊に「三瀬桂太郎」がいて、高取城夜襲に共に加わったこと、その後は隊がべつになり、だから詳しくはわからぬが、「三瀬桂太郎」が吉村の片腕として活躍していたらしいこと、九月なかばに天誅組が解散となり棟方が離脱したとき、「三瀬桂太郎」が別れを惜しんでくれたことなどを証言したという。棟方崇亮の情報にもさほどの具体性があるのではなかった。

高田兼家の最期は以下のように描かれる。

中山忠光卿率ゐる一隊、大坂へ脱すべく大和の険路を分け進む。吉村虎太郎、卿を護り導くべく同道せしが、手疵《てきず》を負ひて遅る。虎太郎、高田兼家を傍に呼びて曰く、爾《なんぢ》、吾にかまはず往きて、卿の退路を拓《ひら》くを援《たす》けよと。兼家諾して、鷲尾口にて隊に追ひつきしが、鷲尾口は諸藩の兵に固められてありき。

中山忠光は大坂へ脱すべく大和の難路を進み、これを援護するために同行した吉村虎太郎は傷を負って遅れた。虎太郎は高田兼家を呼んで、自分にかまわず先へ行き、中山卿の脱出を援けろといった。頷いた兼家は鷲尾口で中山忠光の隊に追いついたが、そこはすでに追討軍の藩兵に固められていた。

高田兼家、那須信吾らと諮《はか》りて、敵陣へ忍び寄り、藪陰より躍り出て、烈しく打ちかかり、敵兵の乱るる隙をつきて、卿は活路を拓くを得たり。是を見遣りし兼家、莞爾《くわんじ》として、疵を負ひし仲間を助け起すところへ、洋式銃より撃ち出されたる弾丸、胸腹を貫けり。兼家斃《たほ》れず猶《なほ》槍を揮《ふる》はんとするへ、銃列の轟と谿《たに》に鳴り渡りて雷のごとく、弾はさながら霰のごとく、撃れたる兼家、よろめき斃れて山崖より落つ。下方は杉の生ふる渓なり。息絶えたる兼家のむくろ、一筋の清き流れに漬かりてとどまれり。川辺に山百合の咲き乱れて、涼風に揺れたりしとぞ。

那須信吾は土佐の脱藩志士で、吉村虎太郎と共に梟首《きょうしゅ》された天誅組の中心人物のひとりである。那須らと相談して高田兼家は敵陣に斬り込みをかけ、中山忠光を逃すことに成功した。これを見てにっこり微笑んだ兼家は、傷ついた仲間を助けているところを撃たれ、しかしなお戦わんとする兼家に向かって銃列が火を吹いた。兼家は斃れ、崖から転落した骸《むくろ》は谷の清流につかり、これを風に揺れる一団の百合の花が見つめていた――。

『高田兼家伝』は、全体に飾り気のない簡素な文章で綴られているが、天誅組での活動を描くあたりから「文学的」な修辞が増えるのは、実像がほとんど摑めていなかったせいもあるだろう。那須信吾らが中山忠光を逃すべく鷲尾口で奮戦したことは今日史実として知られている。しかし、そこに高田兼家がいたとの証拠は『高田兼家伝』以外にはない。

『高田兼家伝』が書かれたのが明治二十三（一八九〇）年。出版が翌年。菅原香帆が吉野へ旅した明治二十八（一八九五）年には、高田諒四郎兼家の名誉回復はすでに成り、『高田兼家伝』を菅原香帆が執筆上梓した目的は果たされていた。「紙の墓碑」にふさわしい筆致とは対照的に、天誅組に加わって以降の「勤王の志士・高田兼家」を描く筆には、幼な友達のために、なりふり構わず大袈裟な修辞や麗句を駆使して虚構を編まんとする姿勢がある。そしてその目論見は功を奏した。菅原香帆という友がなかったなら、高田諒四郎兼家もまた名もなき草莽の志士の列に加えられ、歴史の暗層に埋もれていただろう。

吉野を旅する菅原香帆は、己の書いた紀伝の文飾を面映く思いながら、亡き友の面影を追っていただろうか。それとも自身が創り上げた物語の香気を深く胸に吸っていたのだろうか。どちらにしても、この旅の途次、夢幻の物語の登場人物ではない、生身の高田諒四郎が遺した痕跡に菅原香帆は遭遇した。そこには紀伝のそれとはべつの、虚構ならざる、しかしこれもまた奇譚と呼ぶほかない物語があったのである。

九

菅原香帆の旅は、本来なら紀伝執筆前になされるべきであった、諒四郎の足跡を辿る目的もあっただろう。吉野から十津川へと足を延ばし、さらに五條や高取の戦跡を訪れた菅原香帆は、旅のさなかにも日誌を記し、帰郷後に整理して『日録』に加えている。旅日誌はほとんどがごく短い行動記録であるが、十月二十三日の条だけは例外である。この日菅原香帆は奈良町の旅荘に宿し、そこで前日の出来事につき詳しく日誌に記したのは、書くべき出来事があったからにほかならない。

その日、菅原香帆は高取の慈明寺を訪れた。慈明寺は文久三年八月二十六日の、天誅組と高取藩兵との戦闘があった場所からほど近い寺である。吉野でも十津川でもどこでも、天誅組に関わった者があると知れば、菅原香帆は訪ねて話を聞いているが、ここでも高取城夜襲での「三瀬桂太郎」の事蹟が知られはしまいかと、淡い期待を抱いていたのだろう。

慈明寺にては、松永氏の紹介ありて、住持、懇切に饗《きやう》じ給ふ。天誅組につき問ひ申せば、かの戦《いくさ》は昨日の事のやうなりとて詳しく語り給ふ。

「松永氏」は棟方崇亮の知り合いの奈良県庁の職員である。その人の紹介で慈明寺の住職に会い、親切なもてなしを受けた。天誅組について、高取藩との戦はよく覚えていると住職は応じ、詳しく話してくれた。その具体的な内容は旅日誌に記述がないのでわからぬが、早朝からはじまった戦闘は短時間で高取藩の勝利に終わり、藩兵に死者がなかったのに対して、天誅組はいくつか首級《くび》がとられ、数十人が生け捕られたと、史実に即した経緯が話されたと想像できる。住職は吉村虎太郎隊の夜襲についても教え、こちらは旅日誌に記述がある。

夜刻の戦につきては、此処より程近き渓筋にて、天誅組隊士、藩兵と撃ち合ひしが、程なく天誅組は退けりと住持の教へ給ふ。戦と呼ぶ程にはあらずといふは慮外なり。

夜刻には寺から近い谷の林道で天誅組と高取藩兵との撃ち合いがあったが、これは「戦」と呼ぶほどのものではなかったと住職にいわれて、意外に思ったと菅原香帆は書いているが、史実では、夜襲に向かった吉村虎太郎らは、城下へ至る前に高取藩の斥候と遭遇して戦闘になり、味方の誤射で吉村が負傷して退却したのであり、住職の話はこれと遠くない。高田兼家の「初陣」が小競り合い程度のものにすぎなかったと聞かされた菅原香帆が意外に思ったのは、棟方崇亮から聞いた話とはちがっていたからだろう。『皇道日本』の社主時代に逸話がいくつか残るが、棟方崇亮はいささか大言壮語の癖のある人物だったらしい。

しかし菅原香帆にとって真に「慮外」だったのはここからであった。夜の戦闘は小規模ではあったものの、天誅組の隊士がひとり亡くなっていたのだと明かした住職は、いささか奇譚じみているのだがと前置きして話し出した。これについては菅原香帆は詳しく書いている。

七年ほど前のことである。住職はかたった。近くに住む山賤《やまがつ》が流行病で死んだ。葬式の後、山賤の女房が来て告白するには、天誅組の戦のあった翌日、夫が河原で武者の骸《むくろ》を見つけた。前夜の戦闘中に撃たれ、渓底へ落ちたにちがいなく、すぐに届け出るべきであったが、山賤は骸を密かに埋めた。武者が身につけていた金品を奪ったからである。女房は祟りが恐ろしく、しかしそれ以上に夫が怖くて黙っていたが、夫が死んでようやく明かしたのだった。武者を埋めた川辺の場所は、幾度かでた大水のせいで、わからなくなっていた。武者が身につけていた刀剣類は山賤が売り払い、胴巻には巾着や書状がしまわれていたが、それらもすでに失われ、唯一遺された品は錦の小袋に入った護符であった。これも夫からは焼けといわれていたが、罰を恐れる女房が密かに隠しておいたもので、小袋には氷川神社の御札と一緒に畳んだ懐紙が収められ、辞世の句がしたためられていた。が、署名はなく、素性はわからずじまいであった。それでも住職は遺品の護符を依代にして、懇ろに供養をした――。

なるほど奇譚であると、菅原香帆が思ったかどうか、どちらにしても、この時点では話に登場した武者が諒四郎だとは思っていなかったはずだ。高取の戦闘は八月。九月半ばに棟方崇亮が天誅組を離脱したとき、「三瀬桂太郎」が別れを惜しんでくれたのであるならば、そうであるはずがない――いや、なにかしら直感めいたものがすでにあっただろうか。
　菅原香帆が辞世の句を見たいといったかどうか、それもわからぬが、しかし武者の唯一の遺品である護符もまた、前年に慈明寺が火災に遭った際、懐紙もろとも燃えてしまっていた。武者が生きて在った痕跡は失われていた。それでもかろうじて住職は辞世の句を手帳に引き写していた。

　　話の種にとぞ思ふにやあらむ、住持、懐紙より引き写せる文字を示し給ひていふやう、辞世の脇に異なる文字のあり、名ではあらじ、貴殿に判じ得るやと。

　これも一興と思ったのか、住職は護符の懐紙から書き写した文字を見せ、辞世の句の横に不思議な字があったのだと示した。字は名前ではなさそうで、ではいったい何であるか、貴公に謎が解けるだろうかといわれて、菅原香帆は手帳の文字を見た――途端に目から涙が溢れ、もはや止めることができなくなった。それが諒四郎の書いたものであるとすぐにわかったからである。

帳面に書かれたる墨字を見し刹那、目より涙の溢れて、もはや留むる術を知らず。辞世は諒四郎の詠みし事、明らかなり。余の落涙するを見て、如何なることにやあらむと、住持の訝《いぶか》り問ひ給へるに答へもせで、余は声をあげて哭《な》くばかりとなむなりにける。

どうかしたのかと住職が訊くのへ答えもせず、このときの自分はただ嗚咽を漏らすばかりであったと菅原香帆は書いているが、諒四郎が見舞われた運命については、旅から帰って後の『日録』にあらためて記している。「諒四郎の大和へ着せるは蓋《けだ》し八月二十六日なるや、天誅組に参じて間を措かず吉村隊の夜襲に加はりしは疑ふべからず」と断じる分析を敷衍すれば、八月十四日に入間を出た諒四郎が大和に着いたのが二十六日の夜刻、ちょうど吉村虎太郎が夜襲に出るところで、直ちに加わった諒四郎が高取兵との戦闘中に死んだと考えると、たしかにいろいろな点で辻褄が合う。

鉄砲に撃たれた高田諒四郎は谷底に落ち——と、ここは奇しくも『高田兼家伝』の記述と合致しているわけだが、夜間の山中でのこと、天誅組は高田諒四郎の死亡を確認できなかった。かりに高田諒四郎すなわち「三瀬桂太郎」が、紀伝に描かれるように、八月十八日前後に天誅組と合流し、隊に配置されたのなら、夜襲の後で「三瀬桂太郎」が姿を消したことは、逃亡が疑われるなど、問題視されたはずだ。そうならなかったのは、「三瀬桂太郎」が隊士らに知られ馴染まれる前に死んだからである。出撃のあわただしさのなかで、にわかに参じてきた一志士に気をとめる者はなかったのだろう。それでもこの夜襲に参加していた棟方崇亮は「三瀬桂太郎」の名前を記憶にとどめていた。棟方崇亮がその後も「三瀬桂太郎」が天誅組にいたと話したのは、かれの勘違いか、あるいは大言を吐く者にありがちな、聞き手の意に沿う話をついしてしまう性情ゆえだったのかもしれない。

高田諒四郎兼家は、大和へ着いたその日、八月二十六日に死んでいた。これを踏まえて菅原香帆が紀伝を改訂することはなかった。高田諒四郎兼家の名誉回復は虚構の物語を通じてすでに成されて、いまさら書き換える理由を見いだせなかったのだろう。

しかし菅原香帆はどうして、署名のない辞世の句が諒四郎のものだとわかったのか。それは住職が謎として示した、辞世の句の横の「異なる文字」ゆえであった。

——七桂。

文字とはこれである。慈明寺の住職は将棋を知らなかったのだろう。「七桂」——。これこそはふたりが指しつつある「郵便将棋」の次の一手に相違なかった。「七桂」は「6五桂」。村はずれの鎮守で、浮雲を眺める菅原香帆が口にした「六歩」、これにつづく二十七手目であり、その手の意味を菅原香帆は瞬時に悟った。だからこその滂沱《ぼうだ》の涙なのであった。

後手が「6四歩」と備えたところへ桂を跳ねる「6五桂」。これは桂のただどりである。菅原香帆は『日録』に記している。

　後手の歩で備へしところへ桂馬を跳ねるは無茶也。無謀也。然して此の桂馬は諒に他ならず。敢へて捨て駒となるべく、桂を跳ねしは疑ふべからざる也。

身を捨てる桂跳ね。栄誉を求めることなく、名を遺す配慮もなく、きたるべき未来のために身を捨てる桂跳ね。此の桂馬は諒に他ならず——。互いに将棋盤を挟む濃密な時間を共にした菅原香帆は、このことを即座に、深く理解したのであった。

明治四十（一九〇七）年、菅原香帆は卒し、菩提寺である宗光寺の墓所に埋葬された。菅原家の墓の一列北側、竹林のある丘陵に接して、高田諒四郎兼家の墓はある。そこには明治三十（一八九七）年に建てかえられた碑が建ち、黒御影石には辞世の句が彫られている。

君がため馬駆りて越ゆ桂川　野路の草葉の露と散るとも

棋譜と指了図を示す。

先手：高田諒四郎
後手：菅原香帆
▲7六歩△3四歩▲2六歩△4四歩
▲2五歩△3三角▲7八金△4二飛
▲6九玉△3二銀▲4八銀△6二玉
▲9六歩△9四歩▲5六歩△7二玉
▲6八銀△4三銀▲4六歩△3二金
▲4七銀△8二玉▲5五歩△7二銀
▲7七桂△6四歩▲6五桂

初出

清心館小伝　「新潮」二〇二四年六月号

印地打ち　「小説TRIPPER」二〇二四年春季号

寶井俊慶　「文學界」二〇二四年八月号

江戸の錬金術師　「群像」二〇二五年一月号

桂跳ね　「小説現代」二〇二四年一一月号

奥泉 光（おくいずみ・ひかる）

一九五六年山形県生まれ。八六年「地の鳥 天の魚群」でデビュー。九三年『ノヴァーリスの引用』で野間文芸新人賞、瞠目反《アンチ》文学賞、九四年『石の来歴』で芥川賞、二〇〇九年『神器――軍艦「橿原」殺人事件』で野間文芸賞、二〇一四年『東京自叙伝』で谷崎潤一郎賞、二〇一八年『雪の階《きざはし》』で柴田錬三郎賞、毎日出版文化賞、二〇二五年『虚史のリズム』で毎日芸術賞を受賞。『バナールな現象』『『吾輩は猫である』殺人事件』『グランド・ミステリー』『シューマンの指』『死神の棋譜』など著書多数。

装幀　川名 潤

装画（一部改変）

【カバー】

歌川国貞「九へん化の内」（雷様）

歌川国貞「鬼一法眼三略巻」（天狗）

歌川芳員「一ノ谷見立将棋合戦」（将棋駒）

【表紙】

畊書堂唐丸撰、北尾重政画「賽山伏狄狐修怨」二巻（山伏）

月岡芳年「神功后皇釣猫」（猫）

【別丁扉】

作者不明（立命館大学アート・リサーチセンター所蔵、No.arcUP6501、将棋駒）

虚傳集《きょでんしゅう》

二〇二五年一月二八日　第一刷発行

著者　奥泉《おくいずみ》 光《ひかる》

発行者　篠木和久

発行所　株式会社講談社

〒一一二-八〇〇一 東京都文京区音羽二-一二-二一

電話　出版　〇三-五三九五-三五〇四

販売　〇三-五三九五-五八一七

業務　〇三-五三九五-三六一五

印刷所　TOPPAN株式会社

製本所　株式会社若林製本工場

KODANSHA

ISBN978-4-06-538142-7